암흑의 핵심

부클래식
004

암흑의 핵심

조지프 콘래드

김자영 옮김

부북스

차 례

일러두기

* 번역 원전은 Joseph Conrad, *Heart of Darkness,* W.W. Norton & Company(1963)이다.

제1장

쌍돛대 유람선 넬리(Nellie)호는 흔들리며 닻을 내리고 돛의 펄럭임 하나 없이 멈췄다. 밀물이 차오르고 있었고 바람은 거의 잦아든 참이어서, 하류로 내려갈 예정인 배가 할 일은 정박하고 조수가 바뀌기를 기다리는 것뿐이었다.

템스 강 하구에서 바다로 통하는 직선 수로는 끝없는 뱃길의 시작처럼 우리 앞에 펼쳐져 있었다. 앞바다에는 바다와 하늘이 이음매 하나 없이 이어져 있었고, 그 빛나는 공간 속에는 조수를 타고 밀려온 거룻배의 그을린 돛들이, 광택제를 입힌 빛나는 사형[1]들로 인하여 뾰족한 캔버스들의 붉은 무리를 이루며 가만히 멈춘 듯 보였다. 평평하게 멀어지다가 아스라이 사라지는 낮은 강기슭

---

1 사형(sprit) SPRIT →

에는 엷은 안개가 머물고 있었다. 그레이브젠드[2]의 하늘이 어두웠고, 뒤편 저 멀리에서는 침울한 어둠으로 응축돼, 지구상에서 가장 크고 가장 위대한 도시를 가만히 품고 있는 듯이 보였다.

여러 회사의 이사를 맡은 인물이 배의 선장이었고 우리를 초청했다. 우리 네 사람은 바다를 향해서 뱃머리에 선 그의 등을 애정 어린 눈길로 바라봤다. 강 전체를 통틀어 그만큼 항해와 어울리는 모습은 없었다. 그는 수로 안내인을 닮았는데, 그들은 뱃사람에게는 신뢰의 결정체였다. 그의 일터가 저기 빛나는 강어귀가 아니라, 그의 등 뒤를 품은 어둠 속에 있다는 사실을 믿기가 쉽지 않았다.

내가 전에 어디선가 이야기했듯이, 우리 사이에는 바다와의 유대가 있었다. 이 유대는 오랫동안 떨어져 있을 때 우리 마음을 이어주는 데 더해서, 서로의 모험담과 심지어 신념[3]까지 묵인하게 하는 효과가 있었다. 나이 든 친구들 가운데 가장 훌륭한 인물인 변호사는 오랜 세월과 또 여러 탁월함 덕분에, 갑판에서 하나뿐인 쿠션을 차지하고서 하나뿐인 깔개 위에 누워 있었다. 회계사는 어느새 도미노 상자를 꺼내 와서 골패로 집짓기를 하고 있었다. 말로(Marlow)는 고물 쪽 뒷돛대에 기대어 책상다리를 하고 앉아 있

---

2 런던에서 26마일 동쪽에 있는 템스 강 하구 남안의 도시.

3 conviction에는 유죄판결의 의미도 있다.

었다. 움푹 들어간 뺨, 누런 얼굴빛, 꼿꼿한 등, 금욕적인 외양에, 팔은 늘어뜨리고 손바닥은 밖으로 향하고 있어 어떤 우상(偶像)을 닮은 모습이었다. 닻이 제대로 자리를 잡은 데에 만족한 이사가 고물 쪽으로 와서 우리 사이에 섞여 앉았다. 우리는 한가롭게 말을 몇 마디 나눴다. 그 후에는 요트 갑판에 침묵이 흘렀다. 무슨 이유에서인지 우리는 도미노 게임을 시작하지 않았다. 우리는 명상을 하고 싶은 기분이었고, 차분한 응시 말고는 어느 것도 어울리지 않는 느낌이었다. 고요하고 아름다운 빛이 평온하게 펼쳐진 가운데 하루가 저물고 있었다. 물은 평화롭게 빛났다. 구름 한 점 없는 하늘은 온화하고 방대하며 티 없이 깨끗한 빛 덩어리였다. 에식스(Essex) 늪지의 바로 그 안개는 내륙 구릉의 숲에서 늘어져 나와 낮은 해안을 속이 내비치는 주름으로 감싼 반투명의 빛나는 천 같았다. 상류 유역을 품은 서쪽의 어둠만이 해가 다가오는 것에 화가 난 듯 매 순간 더 짙어졌다.

그리고 마침내 포물선을 그리며 눈에 띄지 않게 떨어지던 해가 아래로 내려앉았는데, 한 무리의 사람들을 품은 그 어둠을 만나 갑자기 빛이 꺼지려는 듯이, 빛나는 흰색에서 빛도 열도 없는 칙칙한 붉은색으로 변했다.

즉시 물에 변화가 찾아와, 평온함은 빛은 약해졌으나 더 심오해졌다. 넓은 유역에서 하루가 저물 무렵 물결도 일으키지 않고 쉬고 있던 오래된 강은, 양 기슭에 자리 잡은 사람들에게 긴 세월을 봉사한 후, 세계의 가장 먼 끝으로 이어지는 물길의 고요한 위엄 속에서 펼쳐져 있었다. 우리는 왔다가 영원히 떠나는 짧은 하루의 생생하고 붉게 물든 빛이 아니라, 지속하는 기억의 위엄있는 빛에 잠긴 그 장엄한 강물을 바라봤다. 흔히 말하듯이, 경의와 애정을 가지고 '바다를 따른' 사람에게, 템스 강 하구에서 과거의 위대한 정신을 불러일으키는 것만큼 사실 쉬운 일은 없다. 조수는 자신이 고향의 안식처나 바다의 전장으로 실어 날라준 뱃사람과 배에 대한 기억을 잔뜩 싣고 끊임없이 봉사하며 밀려왔다 밀려간다. 이 조수는 프랜시스 드레이크 경(Sir Francis Drake)부터 존 프랭클린 경(Sir John Franklin)까지 온 국민이 자랑스러워하는 모든 사람, 작위를 받았든 안 받았든, 바다의 방랑기사였던 이들을 알았고 그들에게 봉사했다. 조수는 시간의 밤에 보석같이 빛나는 이름의 배들을 모두 실어 날랐는데, 둥근 선체 가득 보물을 싣고 돌아와 여왕의 방문을 받은 후 그 위대한 전설에서 사라진 '골든 하인드(Golden Hind)'호, 정복에 나섰다가 끝내 돌아오지 않은 '에레부스(Erebus)'와 '테러(Terror)'호가 있었다. 조수는 그 배들과 뱃사람들을 알았다. 이들은 데트포드(Deptford), 그리니치(Greenwich), 이어리스(Erith)에서 항해를 시작했는데, 이 중에는 모험가와 식민지 정착민들, 정부나 증권거래소의 배들, 선장들, 제독들, 동방무역의 음흉한 밀수꾼들, 그리고 동인도 선단의 위임을 받은 이른바 '장군'들의 배가 있었다. 황금을 사냥하는 자들이나 명성을 좇는 자들, 그들 모두 칼을 차고 종종 횃불을 들고, 육지의 무력의 사도들로서, 성화의 불꽃을 든 자들로서 그 강으로 나아갔다. 얼마나 위대한 것들이 저 강의 썰물에 실려 신비로운 미지의 땅으로 흘러갔던가! …… 사내들의 꿈, 국가의 씨앗, 제국의 싹.

해가 졌다. 강물 위로 어둠이 내리고 강변을 따라 불이 켜지기 시작했다. 개펄 위 기둥 세 개 위에 세워진 채프먼(Chapman) 등대가 강한 빛을 쏘았다. 뱃길을 따라 움직이는 배들의 불빛—오르내리며 어지럽게 움직이는 빛들. 그리고 더 서쪽 상류 유역 위로 햇빛 아래서는 음침한 어둠, 별빛 아래에서는 현란한 빛인, 괴물 같은 도시가 있는 곳은 여전히 하늘에 불길하게 표시돼 있었다.

"그리고 이곳 역시" 말로가 갑자기 말을 꺼냈다, "세상에서 어두운 구석 중 하나였지."

그는 우리 중에 유일하게 아직도 '바다를 따르는' 사내였다. 그에 대해 할 만한 최악의 비난이라면 자신의 부류에서 전형적이지 않다는 점 정도였다. 그는 뱃사람이었지만, 또한 떠돌이였고, 반면에 그들은, 이렇게 표현해도 된다면, 흔히 붙박이 생활을 하였다. 뱃사람들의 마음은 늘 집에 붙어 있고, 그들의 집인 배는 늘 그들과 함께이며, 그들의 나라인 바다도 그렇다. 배는 거의 다 똑같고 바다는 늘 한결같다. 주변 환경이 변치 않는데 외국의 해안, 이방인의 얼굴들, 끝없이 변화하는 삶은 신비한 느낌이 아니라 약간 경멸 섞인 무지에 가려 스쳐 지나간다. 왜냐하면, 뱃사람에게는 자신의 존재의 여주인, 운명의 여신만큼이나 불가사의한 바다 그 자체 말고는 신비한 것이 없기 때문이다. 나머지 것들은 배에서 근무를 마치고 해안에서 가볍게 산책을 하거나 술을 진탕 마시면 한 대륙 전체의 비밀을 알아내기에 충분하고, 대부분 뱃사람은 그 비밀이라는 것도 알 만한 가치가 없는 것으로 생각한다. 뱃사람들의 모험담은 솔직하고 단순해서, 모든 의미는 으깨진 견과의 껍질 안에 들어 있다. 그러나 말로는 전형적인 뱃사람이 아니었고 (모험담을 늘어놓기 좋아하는 성향만 빼면), 그에게 어떤 사건의 의미는 꼬투리 속의 낟알처럼 안에 있는 것이 아니라 밖에 있는 것이어서, 때로는 부연 달무리가 달빛의 환영 같은 빛에 의해서 눈에 보이게 되는 것처럼, 백열이 실안개를 이끌어내듯이 의미를 이끌어낸 이야기를 감쌌다.

그의 말은 전혀 놀랍지 않았다. 말로다웠다. 그의 말은 침묵 속에서 받아들여졌다. 어느 사람도 신음조차 내지 않았으며, 그가 곧 느릿느릿 말했다.

"나는 먼 옛날, 천구백 년 전 로마인들이 처음 이곳에 왔을 때를 생각해 봤어—요전 날…… 그 후부터 이 강에서 불빛이 나타났지—기사들이라고 했나? 그래, 하지만 그것은 평원을 휩쓰는 화염, 구름에 번쩍이는 번개 같은 거야. 우리는 그 빛의 찰나에 살아—이 지구가 계속 굴러가는 한 그 빛이 부디 이어지기를! 하지만 예전에는 암흑이 여기 있었어. 어느 훌륭한 배—그걸 뭐라고 부르더라?—지중해에서 트리에레스선[4]을 이끌다가 갑자기 북방으로 파견 명령을 받고, 갈리아[5] 지방을 육로로 서둘러 가로질러 가고, 군단[6] 병사들이—이들은 또 분명히 손재주가 아주 뛰어난 무리였을 거야—우리가 읽은 내용을 그대로 믿자면 한두 달에 몇백 척씩 지었다는 선박 중 한 척을 맡은 지휘관의 기분을 상상해 봐. 여기서—세계의 가장 먼 끝, 납빛 바다, 연기색 하늘, 기껏해야 콘서티나[7]만큼 단단한 배—보급품이나 주문품 따위를 싣고 이 강을 거슬러 올라가는 그를 상상해 보라는 거야. 모래톱, 습지, 숲, 야만인들—문명인이 먹을 수 있는 거라곤 거의 없고, 템스 강물 말고는 마실 물도 없는 상황이야. 팔레르누스산 포도주[8]도 여기선 찾을 수 없고, 강기슭에 상륙하는 일도 없지. 여기저기 군영이 있지만, 짚더미 속 바늘처럼 황무지 속에 숨겨졌을 거야—추위, 안개, 폭풍, 질병, 유배, 그리고 죽음—죽음이 공기 중에, 물속에, 덤불 속에 몰래 숨어 있었겠지. 그들은 여기서 파리 목숨처럼 죽어 갔을 거야. 그래, 그래도 지휘관은 자기 일을 했을 거야. 게다가 의

---

4 노가 3단으로 된 군용선. 로마군의 해전에 주로 쓰임.

5 지금의 프랑스 지역.

6 고대 로마 군단은 300-700명의 기병을 포함하여 3,000-6,000명의 보병으로 구성.

7 작은 아코디언처럼 생긴 악기.

8 로마 시대에 유명했던 고급 백포도주. 캄파니아 지방 팔레르누스산에서 재배된 포도로 만들었다.

심할 여지 없이 아주 잘해냈을 테고, 나중에 자신이 겪은 일을 자랑스럽게 떠벌렸을지는 몰라도 당시에 그가 한 일에 대해 별생각도 안 하고 일했겠지. 그들은 암흑에 당당히 맞설 만큼 사내다웠어. 그리고 그는 로마에 연줄이 든든한 친구들이 있고 이 지독한 날씨에서 살아남는다면 머잖아 라벤나[9] 함대로 승진할 것이라고 기대하면서 들떠 있었을지도 모르지. 아니면 토가를 두른 고귀한 젊은 시민이─주사위놀음을 너무 많이 했겠지, 알잖나,─운명을 바꿔 보려고 지역 행정관이나 세금 징수인, 또는 심지어 무역상의 뒤를 따라 이곳에 왔을 수도 있어. 늪지대에 상륙해서 숲 속을 행군하여 내륙 어느 근무지에 가서 야만성을 느꼈겠지. 자신을 에워싼 철저한 야만성─숲 속에서, 밀림 속에서, 미개인들의 가슴 속에서 흔들리는 야성의 그 신비한 생명을 말이야. 이런 신비는 이해할 방법이 없어. 이해할 수 없는 것들이면서 또한 혐오스러운 것들 가운데서 살아야만 하지. 그런데 거기에는 매혹적인 면도 있어서 그의 마음에 호소하게 돼. 혐오스러운 것의 매혹─알잖나, 점점 자라는 후회, 탈출에 대한 염원, 무력한 혐오, 굴복, 그리고 증오를 상상해 봐."

말로는 잠시 말을 멈췄다.

"뭐랄까." 그가 다시 말을 시작하면서, 손바닥은 밖을 향한 채

---

9 이탈리아 동북부에 위치한 비잔틴 제국 시대의 주요 도시.

한쪽 팔을 팔꿈치 위로 들어 올리고 가부좌를 틀어서, 유럽 옷을 입고 연꽃 없이 설법하는 부처의 자세를 취했다. "뭐랄까, 우리 중 누구도 정확히 그렇게는 느끼지 않을 거야. 우리를 구원하는 것은 바로 효율성—효율성에 대한 헌신이야. 그런데 이 로마인들은 정말 별거 아니었어. 식민지 개척자들이 전혀 아니었고, 이들의 행정이라는 것이 그저 쥐어짜는 것밖에 없었다고 생각해. 그들은 정복자들이었고, 정복에 필요한 무자비한 힘만을 원했을 거야. 정작 갖게 되면 자랑할 것도 없어, 자신의 힘은 다른 이들이 약해서 생기는 우연한 결과일 뿐이거든. 그들은 가질 만한 것이 있었기 때문에 그걸 취했어. 그저 폭력적인 강도질, 막대한 규모의 잔혹한 살인 그리고 맹목적으로 달려드는 남자들—암흑과 싸우는 사내들로서는 아주 적절한 방식이었지. 세계의 정복은, 주로 우리와 얼굴색이 다르거나 우리보다 코가 살짝 납작한 사람들로부터 빼앗는 걸 뜻하는데, 자세히 들여다보면 그리 멋진 일이 아니야. 그걸 상쇄해 주는 건 이상 하나뿐이야. 그 이면에 있는, 감상적인 가식이 아닌 이상, 어떤 이상에 대한 이타적인 믿음—자신이 확립해 놓고, 그 앞에 절하고, 제물을 바칠 수 있는 존재 말이지……"

그는 갑자기 말을 멈췄다. 불길들이 강 위를 미끄러져 갔는데, 작은 녹색, 붉은색, 흰색의 불길들이 서로 쫓고, 앞서고, 합쳐지고, 엇갈리고—그러다가 천천히 또는 급히 떨어져 나갔다. 밤은 점점 깊어지고 잠들지 않는 강 위로 거대한 도시의 교통은 계속 이어졌다. 우리는 그것을 지켜보면서 참을성 있게 기다렸다—물이 빠질 때까지 달리 할 일이 없었다. 그러나 긴 침묵이 흐른 뒤 머뭇거리는 목소리로 "내가 한때 강에서 배를 탔다고 이야기한 걸 기억하고 있겠지"라고 다시 그가 말을 시작하자, 우리는 썰물이 시작되기 전까지 말로의 결론 없는 경험담을 들을 운명임을 알았다.

"내가 개인적으로 겪은 일로 자네들을 귀찮게 하고 싶지는 않네"라고 말문을 열면서 그는 청중이 가장 듣고 싶어 하는 이야기가 무엇인지 알지 못하는 많은 이야기꾼의 약점을 드러냈다. "하지만 그 경험이 나에게 어떤 영향을 미쳤는지 이해하려면 내가 어떻게 그곳으로 가게 됐고, 무엇을 봤고, 그 불쌍한 친구를 처음 만난 곳까지 어떻게 그 강을 거슬러 올라갔는지 알아야 해. 내가 가장 멀리 항해한 여행이자, 내 경험에서 정점이었던 순간이지. 그것은 웬일인지 나와 관련하여 모든 것에—그리고 내 생각에까지 일종의 빛을 비춘 듯했어. 게다가 꽤 어둡고—그리고 측은하고—어떤 식으로든 전혀 특별하지 않고—별로 분명하지도 않았어. 그래. 별로 분명하지 않았어. 그런데도 일종의 빛을 비춘 것 같았지.

"자네들도 기억하고 있다시피, 그때는 인도양, 태평양, 중국해—그러니까 동양을 실컷 다니다가—육 년 만엔가 일을 마치고 런던으로 막 돌아온 참이었고, 빈둥빈둥 놀면서 자네들 일터를 찾아가 방해하고 집으로 쳐들어가고, 마치 자네들을 문명화시켜야 할 하늘의 사명이라도 받은 사람처럼 굴었지. 한동안은 아주 즐거웠지만, 얼마 안 가 쉬는 데 진력나더군. 그때부터 배를 찾아다녔는데—세상에서 가장 힘든 일이라고 생각해. 하지만 배들은 나에게 관심조차 보이지 않더라고. 그래서 그 일도 곧 싫증이 났어.

"내가 꼬마였을 때 지도 보는 걸 무척 좋아했어. 남미 대륙이나 아프리카, 오스트레일리아를 몇 시간씩 들여다보면서 탐험의 온갖 영광에 푹 빠지고는 했지. 그때는 지구 위에 빈 곳이 많이 남아 있었는데, 내가 지도에서 특히 매혹적으로 보이는 곳을 발견했을 때면 (사실 어디든 다 그래 보이기는 했지만) 그곳을 손가락으로 짚고는, '나중에 크면 여기 가 볼 거야'라고 말하고는 했어. 내 기억으로는 북극도 그런 곳 중 하나였어. 아직 가 본 적 없고 인제 와서 시도하지도 않을 거야. 더는 매력적이지 않거든. 다른 곳들은 적도 근처에 그리고 양 반구 모든 위도에 걸쳐 흩어져 있었지. 그중 몇 군데는 가봤는데…… 그 얘기는 말도록 하지. 하지만 여전히 한 곳—가장 크고, 말하자면, 가장 빈 곳—에 내가 무척 가고 싶었지.

"사실 그때쯤에는 이미 더는 빈 곳이 아니었어. 내 소년 시절 이후로 그곳은 강과 호수와 이름들로 채워져 갔지. 흥미진진하고 신비로운 공간—소년이 근사한 꿈을 꿀 만한 백지—이 더는 아니었던 거야. 암흑의 땅이 됐지. 하지만 그곳에 특히 강 하나가, 지도에서 볼 수 있는데, 어마어마하게 큰 강이 머리는 바다에 넣고,

몸은 풀어 저 멀리 드넓은 나라에 구불구불 걸치면서 꼬리는 오지 깊숙이 숨긴 거대한 뱀의 모습이었어. 그리고 가게 진열창에서 내가 그 강이 나온 지도를 보는데, 뱀이 새―멍청한 작은 새―를 홀리듯, 그것이 나를 홀렸어. 그리고는 큰 회사, 무역회사 하나가 그 강에서 사업한다는 걸 곧 떠올렸지. 제기랄! 그때 나 혼자 생각했지, 저렇게 큰 강에선 어떤 것이든 배 없이는 무역을 못 하잖아―증기선 말이야! 내가 한 척 몰지 말라는 법도 없지. 나는 플리트 가[10]를 따라 걸으면서도 그 생각을 머리에서 떨칠 수가 없었어. 뱀한테 넋을 잃은 거야.

"알다시피 그 회사는 유럽 대륙에 있었지, 무역협회였어. 그런데 물가가 싸고 보기보다 살기 나쁘지 않다는 이유로 대륙 쪽에 사는 친척들이 많았지.

"미안하지만 그들을 귀찮게 하기 시작했다고 실토해야겠군. 그건 나에게 새로운 경험이었어. 나는 그런 식으로 일하는 데 익숙하지 않았거든. 늘 내가 가고 싶은 방향으로, 내 길을 내 힘으로 갔지. 나도 내가 믿기지 않았지만, 그때는 왠지 수단과 방법을 가리지 않고 어떻게든 그곳에 가야 한다고 생각했어. 그래서 친척들을 귀찮게 한 거지. 친척 남자들은 '여보게 자네'라고 말만 하고 아무 것도 안 했어. 그래서―믿기지 않겠지만―여자의 힘을 빌렸지. 나,

---

10 Fleet Street, 런던의 비즈니스 중심 거리.

찰리 말로가, 여자의 힘을 빌렸다고—일자리를 구하려고. 세상에 나! 하지만 그곳으로 가겠다는 생각이 나를 몰아간 거야. 친척 아주머니가 한 분 계셨는데, 열정적인 영혼을 가진 분이었지. 그분은 '정말 기쁠 거야. 널 위해서 뭐든지, 뭐든지 할 준비가 돼 있단다. 아주 멋진 생각이구나. 내가 경영진에 아주 고위급 인사의 아내와 친분이 있고 또 영향력이 큰 사람도 한 명 알고 있고……' 운운하는 편지를 내게 쓰셨어. 내가 원한다면 나를 강 증기선의 선장 자리에 앉히려고 뭐든지 하실 기세였지.

"나는 임명을 받았어—당연히. 그것도 아주 빨리 받을 수 있었지. 회사는 선장 중 한 명이 원주민들과 승강이를 벌이다 죽임을 당했다는 소식을 받은 참이었더군. 그것은 내 기회였고 그만큼 가고 싶어서 더 안달하게 됐지. 내가 몇 달 후에 남은 유해를 수습하려고 시도했을 때에야, 암탉 몇 마리에 대한 오해 때문에 처음 시비가 붙었다는 말을 들었어. 그래, 검은 암탉 두 마리 때문이었다고 해. 프레슬레븐이라는 이름의 덴마크 친구였는데, 흥정하다가 사기를 당했다고 생각해서 뭍으로 가서 마을 추장을 몽둥이로 두들겨 패기 시작한 거야. 아, 나는 그 이야기를 들었을 때 프레슬레븐이 이 세상에 두 다리로 걸은 동물 중 가장 온화하고 조용했다는 말도 함께 들었는데, 전혀 놀라지 않았어. 물론 그런 사람이었겠지만, 알다시피 그곳에서 몇 년 동안 고귀한 명분을 위해 일했을 테고, 마침내 자기 자존심을 어떤 식으로든 피력

할 필요를 느꼈을 거야. 그래서 그 늙은 검둥이를 무자비하게 팬 건데, 그동안 많은 사람이 그를 깜짝 놀라 지켜보고만 있다가 어떤 남자—내가 듣기로는 추장의 아들—가 늙은이의 비명에 필사적인 심정으로 그 백인을 창으로 망설이며 찔렀어—물론 그게 어깨뼈 사이로 깊숙이 들어가 버린 거야. 그러자 온갖 재앙이 닥칠 것으로 생각한 마을 사람 전체가 마을을 버리고 숲으로 도망갔고, 한편 프레스레븐이 지휘했던 증기선 선원들 역시 크게 당황해서, 아마 정비 기사의 지휘하에 떠났지. 그 후 내가 그의 후임이 되기 전까지는 누구도 프레스레븐의 유해에 대해 신경 쓰지 않았던 것 같아. 하지만 나는 그대로 둘 수 없었지. 마침내 내 전임자를 만날 기회가 왔을 때는, 풀이 그의 갈빗대 사이로 삐져나와 뼈를 다 가릴 만큼 자라 있었지. 유골은 모두 그대로 남아 있었어. 초자연적 존재는 쓰러진 후에 누구도 건드리지 않았던 거야. 그리고 마을은 텅 비어서 오두막집들은 검은 입을 딱 벌린 채 썩어가고 있었고 무너진 담 안에는 제대로 된 것이 없었지. 의심의 여지 없이 재앙이 닥쳤던 것은 분명해. 사람들이 사라진 거야. 미친 공포가 그들을, 남자, 여자, 아이들 할 것 없이 덤불 속으로 흩어놓고 그들은 다시는 돌아오지 않았어. 암탉들이 어떻게 됐는지는 나도 모르겠어. 그 녀석들도 어쨌든 진보라는 명분에 당하지 않았을까 싶어. 아무튼, 이 영광스러운 사건 덕분에 나는 기대도 하기 전에 선장직 임명을 받았네.

"나는 출발 준비를 하느라 미친 듯이 돌아다녔고, 48시간도 채 지나기 전에 내 고용주들에게 인사하고 계약서에 서명하러 영국 해협을 건너고 있었어. 몇 시간 지나지 않아, 나에게는 항상 회칠한 무덤을 연상시키는 한 도시에 다다랐지. 물론 편견일 거야. 회사 사무실들을 찾는 건 전혀 어렵지 않았지. 그 도시에서 가장 큰 회사였고 만나는 사람마다 그 이야기뿐이었거든. 그들은 해외 제국을 경영해서 무역을 통해 끝없이 돈을 벌어들일 것이라고 했어.

"깊은 그늘이 드리워진 좁고 인적 드문 거리, 높은 건물들, 베니션 블라인드를 단 수많은 창문, 죽음 같은 정적, 거리의 돌 사이로 싹을 틔운 풀, 좌우에 위압적인 아치형 마차길, 육중하게 서서 약간 열려 있는 엄청나게 큰 이중문들이 있었지. 나는 그런 문틈 중 하나를 비집고 들어가, 비질이 잘 되고 장식이 없는, 사막처럼 삭막한 계단을 올라가, 첫 번째 문을 열었어. 한 명은 살쪘고 다른 한 명은 호리호리한 여자 두 명이, 짚으로 만든 의자에 앉아 검은 양모로 뜨개질하고 있었어. 호리호리한 여자가 일어나서, 나에게 똑바로 걸어오다가―여전히 눈을 아래로 깔고 뜨개질을 하면서―내가 몽유병 환자를 피하듯 길을 비켜주려고 하자 그제야 걸음을 멈추고 눈을 들었어. 우산 싸개처럼 수수한 옷을 입은 여자가 아무 말 없이 돌아서더니 앞장서서 대기실로 들어가더군. 나는 이름을 대고 주위를 둘러봤지. 가운데에는 송판 탁자, 벽을 따라 수수한 의자들이 있었고, 방 한쪽 끝에는 온통 무지개색으로 표시된 번쩍이는 큰 지도가 걸려 있었어. 빨간색—언제든지 기분이 좋아지는 색, 제대로 된 사업이 벌어지고 있다는 걸 알게 되니까—이 거대한 지역을 차지하고 있었어, 제기랄 파란색도 꽤 넓었어, 녹색 약간, 얼룩진 주황색 조금, 그리고 동부 해안의 보라색 점은 유쾌한 진보의 개척자들이 맛좋은 라거 맥주를 마시는 곳이라는 것을 보여줬지. 어쨌든 나는 이들 지역 어디에도 안 갈 거였어. 노란색 지역으로 갈 거였거든. 한가운데였지. 그리고 그곳에 강이, 뱀처럼—매력적이고—치명적인—강이 있었지. 아! 문이 열리고, 백발에 수석 비서처럼 생긴, 그러나 표정에는 연민이 어린 사람이 나타나서 비쩍 마른 검지로 손짓하여 나를 성역으로 불러들였어. 그곳의 조명은 어두침침했고 가운데에 묵직한 책상이 웅크리고 있었어. 그 뒤에서 창백하고 풍만한 인상에 프록코트를 입은 남자가 나왔어. 그 자신이 바로 그 위대한 남자였어. 내가 보기에 키가 5피트 6인치[11]였는데, 수백만 금을 좌지우지하는 인물이었지. 그가 악수했던 것 같아, 뭐라고 모호하게 웅얼거렸고, 내 프랑스어에 만족하더군. 그리고 '봉 보야지'[12]라고 했어.

"45초 만에 나는 다시 그 연민 어린 비서와 함께 대기실에 있

---

11 167.6cm.

12 Bon voyage. 좋은 여행 되라는 뜻.

었고, 그는 비애와 동정이 가득한 태도로 나에게 어떤 서류에 서명하게 하더군. 내 생각에 여러 가지 내용이 있었지만, 그중에도 회사의 비밀을 누설하면 안 된다고 서약한 거 같아. 뭐, 그러지 않을 거지만.

"나는 약간 불안해지기 시작했어. 알다시피 내가 그런 격식에 익숙하지 않은 데다가 분위기가 뭔가 불길했어. 마치 내가 어떤 음모에 발을 들이게 된 느낌―뭔지 잘은 모르지만―뭔가 잘못된 일에 휘말린다는 느낌이 들었거든. 나는 그곳을 벗어나게 돼서 한시름 놓았지. 바깥쪽 방에는 아까 본 두 여자가 검은 양모로 열심히 뜨개질하고 있었어. 사람들이 도착해 있으니, 젊은 쪽이 왔다 갔다, 걸어 다니며 소개를 하고 있더라고. 나이 든 쪽은 의자에 앉아 있더군. 납작한 천 슬리퍼를 각로(脚爐)에 대고 있었고, 고양이 한 마리가 무릎에 앉아 있었어. 그녀는 풀 먹인 하얀 모자를 썼는데 한쪽 뺨에는 사마귀가 있었고, 코끝에 은테 안경이 걸려 있었어. 그녀는 안경 너머로 나를 흘깃 쳐다봤지. 그 시선에 담긴 신속하고 무심한 평온함이 나를 불편하게 만들었어. 어리석고 유쾌한 얼굴의 젊은이 두 명이 안내를 받아 오고 있었고 그녀는 똑같이 무심한 지혜의 눈길로 그들을 흘깃 보았지. 그녀는 그들에 대해, 그리고 나에 대해 모든 것을 알고 있는 것 같았어. 으스스한 기분이 덮쳐 왔어. 그녀가 기괴하고 숙명적인 존재로 보였지. 종종 나는 그 먼 곳에서, 암흑의 문을 지키면서 관 덮는 보를 짜듯 검은 양모로 뜨개질하며, 한 명은 끊임없이 미지의 세계로 안내하고, 다른 한 명은 무심한 나이 먹은 눈으로 유쾌하고 어리석은 얼굴들을 세세히 살펴보던 두 여자를 생각했지. 만세! 검은 양모로 뜨개질하는 늙은이여. 목숨 바치려는 자들이 폐하께 인사드립니다.[13] 그녀가 눈길을 준 사람 중에 그녀를 다시 본 경우는 많지 않았어—절반도 훨씬 안 됐을 거야.

"아직 의사 진료가 남아 있었지. 내 모든 고뇌의 커다란 부분을 떠맡으려는 듯한 태도로 비서가 '간단한 형식적인 절차'라고 안심시키더군. 곧 왼쪽 눈썹을 가리는 모자를 쓰고, 내 생각에 서기 같은 젊은 친구—그 건물은 망자들의 도시에 있는 집처럼 고요했지만, 회사엔 서기들이 당연히 있겠지—가 윗층 어디선가 나타나 나를 안내했어. 그는 허름하고 조심성이 없어 보였어, 재킷 소매에 잉크 얼룩이 남아 있어서, 그리고 낡은 장화 앞부분처럼 생긴 턱밑에 커다란 크라바트[14]가 매어져 부풀어 보이더군. 의사를 만나기까지 시간이 남았기에 나는 한잔하자고 했고, 그 말에 그는 금세 쾌활해지더군. 둘이 앉아서 베르무트[15]를 마시는데 그가 회사의 사업을 찬양하기에, 나는 본인은 왜 해외에 나가지 않는지 의아하

---

13 Morituri te salutant. 검투사들이 황제에게 하던 인사.

14 넥타이처럼 매는 남성용 스카프.

15 포도주에 향료를 넣어 우려 만든 술.

다며 가볍게 물었어. 그러자 그는 갑자기 매우 냉정해지면서 정색을 했어. '내가 보이는 것처럼 바보는 아니라고, 플라톤이 제자들에게 말했다죠.' 그가 무게를 잡으며 말하고는 결연하게 잔을 비웠고, 우리는 자리에서 일어났지.

"늙은 의사는 내 맥박을 쟀는데, 분명히 딴생각하고 있었어. '좋아, 가는 데 문제없겠군요'라고 웅얼거리고는, 열띤 어조로 내 머리 크기를 재도 되겠느냐고 묻더라고. 내가 꽤 놀랐지만 괜찮다고 하자 그는 측경기 비슷한 도구를 꺼내 조심스럽게 기록을 하면서 앞뒤와 모든 방향으로 치수를 쟀어. 그는 면도하지 않은 조그만 남자였는데 개버딘으로 보이는 올이 다 드러난 코트를 입었으며 슬리퍼 차림이었고, 나는 그가 해롭지 않은 바보라고 생각했어. '과학을 위해, 나는 언제나 그곳으로 가는 사람들의 두상을 잴 수 있도록 허락을 구합니다'라고 그가 말했어. '돌아왔을 때도 재나요?' 내가 물었지. '아, 다시는 그들을 보지 못하죠'라고 그가 대답하며, '게다가, 아시다시피 변화는 내면에서 일어나거든요'라고 말했어. 마치 어떤 완곡한 농담을 생각한 듯 그가 미소를 짓더군. '그래, 그곳으로 간다면서요. 멋집니다. 흥미롭기도 하고요.' 그가 무언가 탐색하는 눈길로 나를 보더니 다시 기록했어. '집안에 정신질환 병력이 있습니까?' 그가 대수롭지 않은 것을 묻는 듯한 말투로 묻더군. 나는 기분이 크게 상했어. '그 질문도 과학을 위해 묻는 겁니까?' '과학적으로 흥미로울 겁니다.' 그가 내 불쾌감을 눈치를 채지 못한 채 대답했어. '현장에 있는 개인들의 정신적 변화를 볼 수 있다면 말이죠. 하지만……' '선생님은 정신병 의사입니까?'[16]라며 내가 말을 가로챘어. '모든 의사가 그래야 한다고 생각합니다—어느 정도는요.' 그 괴짜가 아무 동요도 없이 대답했어. '제가 세운 이론이 하나 있는데, 그걸 증명하려면 그곳으로 가는 신사분들의 도움이 필요합니다. 그건 그처럼 근사한 속국을 소유함으로써 우리 나라가 얻을 이득에서 제가 차지하는 몫이죠. 단순한 부는 다른 이들에게 양보합니다. 이런 질문을 드려서 실례입니다만, 당신은 제가 관찰하게 된 첫 번째 영국인이라서요……' 나는 내가 절대 전형적인 영국인이 아니라고 서둘러 말해줬어. '만약 그렇다면 이렇게 당신과 이야기를 나누고 있지도 않을 겁니다.' '당신이 한 말은 무척 심오하지만 아마 틀렸을 겁니다'라며 그가 웃으며 말했지. '태양에 노출되는 것보다도 화내는 것을 더 피해야 합니다. 아듀.[17] 영국인들은 어떻게 말하죠? 굿바이. 아하! 굿바이. 아듀. 열대 지방에서는 무엇보다도 평정을 유지해야 합니다.' …… 그는 경고의 의미로 검지를 들고 말했어. …… '뒤 칼므, 뒤 칼므.[18] 아듀.'

"할 일이 한 가지 더 남아 있었지—내 멋진 친척 아주머니께

---

16 Alienist. 콘래드의 시대에는 신경정신과 의사가 별도로 없었다.

17 Adieu. 프랑스어로 '안녕히'.

18 Du calme, du calme. 프랑스어로 '평정을, 평정을'.

작별인사를 드리는 것이었어. 내가 찾아뵈러 갔더니 그녀는 의기양양해 하셨지. 나는 홍차 한 잔을 마셨어―그 후 오랫동안 못 마시게 될 근사한 차―그리고 그 방은 숙녀의 응접실에서 볼 것을 기대하는 모습 그대로 아늑해서, 우리는 난롯가에서 이야기를 오래 나눴어. 그렇게 사사로운 대화를 주고받으며 내가 분명하게 깨닫게 된 것은, 그 고위직 인사의 부인은 물론이고 그 외에도 셀 수 없이 많은 사람에게, 내가 흔히 찾을 수 없는 특출 나게 재능 있는 인물이자―회사로서는 대단한 행운―쉽게 찾을 수 없는 인재라고 소개됐다는 것이야. 맙소사! 그러고는 싸구려 기적(汽笛)이 달린 보잘것없는 강 증기선을 맡을 예정이었다고! 게다가 그런데도 나는 이른바 일급 '일꾼' 중 한 명으로 여겨지는 듯했어. 일종의 빛의 사절 같으면서, 하급 사도(師徒) 같았지. 당시에 그런 헛소리가 인쇄 매체에도, 떠도는 말에도 많이 나돌고 있었어, 그 사기의 한복판에 살던 이 훌륭한 여인도 거기 휩쓸렸던 것 같아. 그녀는 '저 무지한 수백만이 끔찍한 생활방식을 포기하게 해야 한다'고 이야기를 해대서 나는 결국에는 정말이지 마음이 불편해졌어. 나는 회사가 이윤을 목적으로 경영된다는 암시를 주려고도 했어.

"네가 잊고 있구나, 우리 찰리. 일꾼이 그 삯을 얻는 것이 마땅하단다.'[19] 아주머니께서 밝게 말씀하시더군. 여자들이 진실과 얼

---

19 누가복음 10장 7절 인용.

마나 동떨어져 있는지, 참 기이해. 그녀들은 자기만의 세상에 살고 그 같은 곳은 전에도 없었고 앞으로도 있을 수 없지. 완전히 너무나 아름다운 곳이어서, 만약 그들이 세상을 세운다면 첫 노을이 지기도 전에 산산이 부서질 거야. 창조의 그 날부터 우리 남자들이 기꺼이 만족하며 살았던 황당한 사실이 알려지기 시작하면 모든 것이 통째로 무너질 테니까.

"그 말씀을 하신 후 아주머니는 나를 껴안아주시고 플란넬을 입으라거나 편지를 자주 하라는 등의 당부를 하셨고—나는 그 집을 나왔어. 거리에 나오니—왠지 모르겠지만—내가 사기꾼이라는 기묘한 기분이 들더군. 대부분 사람이 길 건너는 데 들이는 생각보다 24시간 안에 지구 위 어느 곳으로 출발하라는 통보에 훨씬 덜 고민하던 내가 한순간—주저했다고는 할 수 없지만—이 일상적인 일을 앞두고서 놀라 멈칫한 것이 이상했어. 내가 자네들에게 나름대로 설명할 수 있는 최선의 길은, 내가 마치 한 대륙의 중심으로 가는 것이 아니라 지구의 중심으로 가는 것 같은 느낌이 일이 초 동안 들었다는 거야.

"나는 프랑스 증기선을 타고 떠났는데, 이 배는 내가 알기에는 병사들과 세관 공무원들을 내려주려는 유일한 목적 때문에 빌어먹을 항구라는 항구는 다 들렀다네. 나는 해안을 바라봤지. 배를 지나쳐가는 해안을 바라보는 것은 수수께끼에 대해 생각하는 것과 같아. 그것이 앞에서—미소 지으며, 찡그리며, 유혹하며, 장엄하

게, 야비하게, 무미하게, 또는 야만적으로, 그리고 '와서 알아내 봐'
라고 속삭이듯 언제나 말없이 있었지. 그곳의 해안은 아직 만들어
지고 있는 듯이 거의 특색이 없이, 단조로운 섬뜩한 기운이 있더
군. 검은색에 가까운 짙은 녹색의 거대한 밀림의 가장자리는 흰 파
도로 장식되어, 서서히 밀려오는 안개에 가려 흐릿하게 반짝이는
바다를 따라 저 멀리, 자를 대고 그은 듯, 똑바로 펼쳐져 있었어. 태
양은 강렬하고, 땅은 증기로 번들거리며 물기가 떨어지는 것처럼
보였어. 흰 파도 안쪽으로 여기저기 회색빛의 희끄무레한 점들이
나타났는데, 아마도 그것들 위로 깃발이 휘날렸을 거야. 수백 년
된 정착지들이었는데, 사람의 손을 타지 않은 광대한 밀림을 배경
으로 해서 크기가 핀 머리만 하더군. 배는 쿵쿵거리며 가다가 멈춰
서 병사들을 내려주고, 다시 가다가 양철 움막과 깃대가 버려져 있
는, 하늘도 버린 황야에 세관 직원들을 내려 주고, 병사들을—아
마도 그 세관 직원들을 보호하라고—더 내려주었지. 몇몇은 파도
에 빠져 죽었다고 해. 하지만 실제로 그랬는지 딱히 누구도 신경
쓰지 않는 것 같았어. 그들은 그저 그곳에 내던져졌고, 우리는 갈
길을 갔을 뿐이야. 마치 우리가 움직이지 않은 듯이 해안은 매일
똑같아 보였지, 하지만 우리는 많은 곳, 그랑 바삼,[20] 리틀 포포[21]

---

20 Gran' Bassam. Grand Bassam. 코트디부아르의 도시. 1893~1896년 프랑스의 식
민 수도였다.

21 토고 남동부의 도시 Aneho의 옛 이름. 포르투갈 노예시장이 있었고, 독일 식민지
당시 수도였다.

와 같은 이름이 붙은 무역항들을 지나갔는데, 불길한 배경 막 앞에서 하는 추잡하고 우스꽝스러운 연극에나 나올 법한 이름들이더군. 승객으로서의 무료함, 내가 전혀 접촉이 없는 그 모든 사람으로부터의 고립감, 느리게 움직이는 기름투성이 바다, 해안의 한결같은 우울함이 나를 침울하고 무의미한 망상의 그물에 가둔 듯 진실로부터 멀어지게 한 것 같아. 이따금 들리는 파도의 목소리는 마치 형제의 말소리 같은 기쁨이었어. 뭔가 자연스럽고, 나름의 이유가 있고 의미가 있는 소리였거든. 이따금 해안에서 온 배가 일시적으로 현실과 만나게 했어. 흑인들이 노를 젓는 배였지. 멀리서도 그 번뜩이는 눈의 흰자를 볼 수 있었어. 그들은 소리를 지르고 노래를 불렀어. 몸에는 땀이 줄줄 흘렀고, 기괴한 가면 같은 얼굴을 하고 있었지—이 자들이. 하지만 그들은 뼈, 근육, 야생의 활력 그리고 그들의 해안가의 파도만큼이나 자연적이고 진실하며 강렬한 운동의 힘을 가지고 있었어. 그들이 그곳에 있기 위해 구실 따위는 필요하지 않았지. 바라보는 것으로 큰 위안이 됐어. 한동안 나는 정직한 사실의 세계에 여전히 속한다는 느낌이 들었거든. 하지만 그 느낌은 오래가지 않았어. 뭔가 나타나서 그런 느낌을 쫓아버렸기 때문이야. 기억나는 사건 하나로, 한번은 해안에서 떨어져 정박한 군함을 만난 거야. 거기는 움막조차 하나 없었는데 이 군함은 숲을 폭격하고 있었어. 프랑스가 그 부근에서 전쟁을 벌인 모양이더군. 배의 군기는 넝마처럼 축 늘어졌지, 6인치 포의 포구들은 선체 아래쪽 여기저기서 나와 있지, 기름이 번들거리고 끈끈한 파도가 넘실거리며 배를 느릿느릿 띄웠다가 내려, 가는 돛대들이 흔들거리고 있었어. 텅 비고 방대한 땅, 하늘, 바다에, 그 배가 영문도 모르고, 대륙으로 쏘아대고 있었어. 펑, 6인치 포 중 하나에서 소리가 났어, 작은 불꽃이 빠르게 나타났다가 없어졌고, 자그마한 흰 연기가 사라졌고, 아주 작은 발사체가 희미하게 쌩 소리를 냈어―그리고 아무 일도 일어나지 않았어. 아무 일도 일어날 수 없었지. 그 일에는 광기가 묻어있고 보기에 애처로운 익살스러움이 있는 풍경이었어. 배에 탄 누군가가 나에게 보이지 않는 곳 어딘가에 한 무리의 원주민들―그는 그들을 적이라 불렀어!―이 숨어 있다고 말했지만 그런 인상은 사라지지 않았어.

"우리는 그 배에 우편물을 전해주고 (내가 듣기로는 열병 때문에 그 외로운 배에서 하루 세 명꼴로 죽어간다고 하더군) 갈 길을 갔어. 우스꽝스러운 이름을 가진 몇몇 곳을 더 들렀는데, 그곳에서 죽음과 무역의 흥겨운 무도가 과열된 지하묘지처럼 고요하고 땅속 같은 분위기 속에서 계속되고 있지. 형체가 없는 해안가엔 온통, 마치 자연 자체가 침입자들을 물리치려는 듯이, 위험한 파도가 경계를 짓고 있었어. 강 안팎에서 강둑은 썩어 진창이 되고 물은 끈적거리는 점액으로 변하여, 죽은 목숨인 물줄기가 우리를 향해 무력한 절망의 극단에서 몸부림치는 듯한 뒤틀린 맹그로브 나무들을 덮쳤지. 우리는 어느 곳에서도 구체적인 인상을 받을 만큼 오래 머물지 않았지만, 나에겐 막연하고 억압적인 경이감이 커졌어. 악몽의 전조들 속에서 지긋지긋한 순례를 하는 것 같았지.

"30일을 올라가서야 그 큰 강의 하구가 보이더군. 우리는 정부 청사 소재지 근처에 닻을 내렸어. 그러나 내 일을 시작하려면 200마일 이상 더 나아가야 했지. 그래서 나는 가능한 한 빨리 30마일 더 올라간 곳을 향해 출발했어.

"나는 조그만 항해용 증기선을 타고 갔지. 그 배의 선장은 스웨덴 사람이었는데 내가 뱃사람인 것을 알고는 함교로 초대하더군. 마르고 흰 피부에 시무룩하고, 머리는 늘어뜨리고 발은 끌며 걷는 젊은이였어. 우리가 그 한심한 작은 부두를 떠날 때 그는 해안을 향해 경멸적으로 고개를 돌렸어. '저기서 살았어요?' 그가 물었지. 내가 대답했어. '그랬죠.' '저 정부치들 아주 대단하지 않아요?' 그가 매우 정확한 영어로 상당히 신랄하게 말을 이어갔어. '한 달에 몇 프랑 받으려고 사람들이 뭘 할 수 있는지 보면 재미있어요. 저런 부류가 내륙으로 더 들어가면 어떻게 될까 궁금해요.' 내가 곧 그걸 보게 될 거라고 이야기했지. '그-렇-군-요!' 그가 소리쳤어. 그는 한쪽 눈으로 앞을 주시하면서 발을 끌며 갑판을 가로질러 갔어. '너무 확신하지는 마세요.' 그가 말을 이어갔지. '저는 며칠 전에 길에서 목을 맨 남자의 시신을 하나 수습했어요. 그도 스웨덴 사람이었죠.' '목을 맸어요! 대체 왜요?' 내가 소리쳐 물었지.

그는 계속 주의 깊게 밖을 바라봤어. '누가 알겠어요! 태양이 너무 강했던지, 아니면 이 나라 때문일 수도 있죠.'

"마침내 우리는 직선으로 펼쳐진 유역에 접어들었어. 바위 절벽이 하나 나타났고, 파헤쳐진 흙이 무더기로 기슭에 쌓여 있었고, 집들이 언덕 위에, 그리고 양철 지붕 집들이 경사지에 매달려 있거나, 황폐한 흙더미들 속에 있었어. 황폐하게 파괴된 거주지 풍경 위로는 급류 소리가 끊임없이 맴돌았지. 주로 피부가 검고 벌거벗은 사람들이 개미처럼 돌아다니고 있었어. 방파제가 강 쪽으로 튀어나와 있었지. 이따금 눈을 뜰 수 없을 정도로 강렬한 햇볕이 갑자기 강해져 이 모든 것을 삼켜버리기도 했어. '저기 당신 회사 사무소가 있네요.' 스웨덴 선장이 바위투성이 비탈 위에 선 막사처럼 생긴 건물 세 채를 가리키며 말했어. '당신 짐을 보내드리지요. 상자 네 개라고 했죠? 그럼. 안녕히.'

"나는 풀 속에 뒹구는 보일러와 마주쳤고, 곧 언덕 위로 가는 길을 찾아냈어. 바위들 때문에, 그리고 바퀴를 하늘로 향하고 뒤집혀 있는 소형 무개화차 때문에 길이 옆으로 나 있었지. 화차의 바퀴 하나가 떨어져 나가 있더군. 그것은 어떤 동물의 사체처럼 죽은 것처럼 보였어. 나는 부식해가는 기계들을 더 볼 수 있었고, 녹슨 레일 무더기도 있었어. 왼쪽으로는 빽빽한 나무들이 만든 그늘진 자리에서는 어두운 형체들이 힘없이 움직이는 듯했어. 눈을 깜빡이고 봤더니 길이 가파르더군. 오른쪽에서 경적 소리가 울렸고 흑인들이 뛰어가는 것을 볼 수 있었지. 무겁고 둔한 폭발이 땅을 흔들고, 절벽에서 연기가 피어오르더니, 그게 다였어. 바위 표면에는 어떤 변화도 나타나지 않았지. 그들은 철로를 건설하고 있었던 거야. 절벽은 방해가 되거나 하는 게 아니었어. 그러나 거기서 이뤄지고 있는 작업이라고는 이 목적 없는 폭발이 전부였어.

"뒤에서 짤그랑거리는 소리가 약간 나서 나는 고개를 돌렸어. 흑인 여섯 명이 줄지어 힘겹게 길을 올라가고 있더군. 그들은 흙이 가득 든 바구니를 머리에 올려 균형을 잡고, 몸을 곧게 세우고 천천히 걸었는데, 그들의 발걸음에 박자를 맞춰 짤그랑 소리가 났어. 검은 누더기를 허리에 둘렀는데 뒤로 남겨진 짧은 끝 부분이 꼬리처럼 앞뒤로 흔들렸지. 갈빗대를 하나하나 다 볼 수 있었고, 팔다리의 관절은 밧줄의 매듭 같았어. 각자 목에는 사슬 하나에 모두 연결된 쇠 목걸이를 찼는데, 늘어진 부분이 그들 사이로 흔들거리면서 리드미컬하게 짤그랑거리고 있었지. 절벽에서 다시 폭발음이 났고 나는 문득 대륙을 향해 쏘아대던 군함이 생각나더군. 똑같이 불길한 소리였지, 하지만 이 사람들을 어떤 상상을 동원하든, 적이라 부를 수 없었어. 그들은 범죄자라 불렸고, 터지는 포탄처럼 난폭한 법이, 바다에서 온 풀 수 없는 불가사의처럼 그들에게 닥쳤던 거야. 그들의 야윈 가슴이 모두 함께 헐떡였고, 크게 벌어진 콧구멍이 부르르 떨렸고, 눈은 언덕 위를 냉담하게 바라봤어. 그들은 불행한 야만인들의 그 완벽히 죽음 같은 무관심을 드러내며,

6인치도 안 되는 거리를 내 쪽으로는 눈길 한번 주지 않고, 나를 지나쳐갔어. 이 날 것의 무리 뒤로 갱생한 자, 새로운 세력의 산물 중 하나가, 소총의 가운데를 잡은 채 의기소침하게 걸어가더군. 그는 단추 하나가 떨어져 나간 제복 재킷을 입고 있었는데, 길에 백인이 있는 것을 보고는 자기 무기를 민첩하게 어깨로 쳐들었어. 백인들은 멀리서 너무나 다 비슷해 보여서 내가 누구인지 알 수 없으니 신중을 기한 행동이었지. 그는 곧 안심했어, 흰 이를 드러내며 장난스러운 미소를 크게 지어 보였지. 그리고 자신이 맡은 사람들을 흘긋 보고, 의기양양한 신뢰를 보이며 나를 그의 동료로 받아들인 것 같았어. 결국에는 나 역시 이 고귀하고 정의로운 절차의 위대한 대의명분의 일부였으니까.

　"나는 길을 올라가는 대신 돌아서 왼쪽으로 내려갔어. 그 사슬에 묶인 무리가 시야에서 사라지면 언덕을 올라갈 생각이었지. 알다시피 내가 딱히 다정한 사람은 아니야, 누군가를 공격하고 물리쳐야 할 때도 있었지. 내가 맞닥뜨리게 된 삶의 요구에 따라, 정확한 대가를 계산하지 않고, 저항하고 때로는 공격해야 했어—공격은 저항의 한 방법일 뿐이야. 나는 폭력의 악마, 탐욕의 악마, 강렬한 욕망의 악마를 본 적이 있었어. 하지만 맙소사! 이들은 강인하고, 원기가 왕성하고, 눈이 벌건 악귀들로 사람들—사람들을 흔들며 몰아간다네. 하지만 나는 그 산비탈에 서 있으니, 눈을 뜰 수 없을 만큼 강한 햇볕이 비치는 그 땅에 탐욕스럽고 무자비한 어리석음의 무기력하고 겉치레하는 흐린 눈빛의 악마와 친숙해질 것이라는 예감이 들었지. 그가 또한 얼마나 음험할 수 있는지 몇 달이 지나고 수천 마일을 더 간 뒤에야 알게 됐어. 한순간 나는 마치 경고라도 받은 것처럼 간담이 서늘해져서 서 있었지. 마침내, 아까 본 나무들을 향해 나는 비스듬히 언덕을 내려갔어.

"만든 이유를 알아내는 것이 불가능하다고 생각되는 엄청나게 큰 인공적인 구멍을 비탈에서 누군가가 파고 있었는데, 나는 그걸 피해 갔어. 그건 채석장이나 모래 채취장은 분명 아니었어. 그냥 구멍이었지. 범죄자들에게 뭔가 할 일을 주려는 박애주의적인 의도와 연결되었을 수도 있어. 잘 모르겠어. 그러다가 몹시 좁은 골짜기로 떨어질 뻔했는데, 산비탈에 움푹 팬 곳에 불과했지. 정착지로 수입된 배수관 여러 개가 그곳에 떨어져 있는 것을 발견했어. 망가지지 않은 것은 하나도 없더군. 고의적으로 때려 부순 거였어. 나는 드디어 나무들 아래로 들어갔어. 그늘 속에서 잠시 거니는 것이 목적이었지만, 그곳에 들어서자마자 어떤 지옥의 음울한 한 곳에 발을 들인 것 같았지. 급류가 가까웠어, 끊임없이 균일하고 저돌적이고 격한 소리가, 숨소리 하나 나지 않고 잎사귀 하나 움직이지 않는 그 수풀의 우울한 고요를 신비로운 소리로 채웠어—마치 광적인 속도로 움직이는 지구의 소리가 갑자기 들리게 된 듯이.

"검은 형체들이 나무 둥치에 기대고, 땅에 매달리고, 반쯤은 밖으로 드러나고, 반쯤은 어둑한 빛에 가려져서, 고통, 자포자기, 절망에 빠진 태도로 나무들 사이에서 웅크리고, 눕고, 앉아 있었어. 또 하나의 폭발물이 절벽에서 터졌고 뒤따라 내 발밑의 흙이 살짝 떨렸어. 작업이 계속 진행 중이었어. 그놈의 작업이! 그리고 작업부 일부가 죽기 위해 온 곳이 거기였던 거야.

"그들은 천천히 죽어가고 있었어—아주 분명한 사실이었지. 그들은 적도 아니었고, 범죄자도 아니었어, 이제는 이 세상 어떤 것도 아니었어—녹색의 어둠 속에서 혼란스럽게 누워 있는 질병과 굶주림의 검은 그림자들일 뿐이었지. 이들은 해안의 모든 구석구석에서 기간제 고용계약이라는 합법적 수단을 통해 끌려와서, 맞지 않는 환경에 둘러싸여, 낯선 음식을 먹고, 병에 걸리니 효율성이 떨어졌고, 그런 다음에는 기어가서 쉬는 것이 허락된 거야. 곧 죽어가는 이 형체들은 공기처럼 자유로우며—거의 그만큼 가벼웠어. 나는 나무들 아래서 빛나는 눈들을 구분하기 시작했어. 그러다가 아래를 보니 내 손 근처에 얼굴이 하나 있더군. 뼈만 남은 검은 몸이 한쪽 어깨를 나무에 기대고 길게 누워 있었는데, 천천히 눈꺼풀을 뜨더니 무척 크고 텅 비고 움푹 들어간 두 눈으로 나를 올려다보는데, 그 안구의 깊은 곳에서 어떤 시력이 없는 흰 빛이 반짝이다가 천천히 사라져 가더군. 그는 젊어 보였는데—거의 소년이라고 할 정도였어—알다시피 겉보기로 그들의 나이를 알기는 힘들지. 나는 스웨덴 친구 배에서 가져와 주머니 속에 넣

어두었던 비스킷을 줄 수밖에 없었어. 손가락이 비스킷을 천천히 잡더니 쥐었는데—어떤 움직임도 눈길도 없었어. 그는 목에 흰색 털실을 두르고 있었어—왜일까? 어디서 난 걸까? 어떤 표지—장식물—부적, 신을 달래는 징표였을까? 그 털실에 어떤 의미라도 있었을까? 바다 건너온 흰 실 조각이 그의 검은 목에 둘러 있는 것이 놀라웠어.

"그 나무 근처에 예각을 이룬 덩어리 둘이 다리를 끌어모은 채 앉아 있더군. 한 명은 무릎에 턱을 괴고 참을 수 없는, 소름 끼치는 인상으로 허공을 멍하니 응시하고 있었어. 그의 동료 유령은 끔찍한 피로에 압도된 듯 이마를 기대고 있었지. 그 외의 주변 모든 곳에는 어떤 대학살이나 역병을 그린 그림처럼 갖가지 뒤틀리고 무너진 자세로 흩어져 있었어. 내가 경악해서 서 있는 동안, 이들 중 하나가 몸을 일으켜 손발로 기어서 강으로 물을 마시러 가더군. 그는 손으로 물을 떠서 마시고는 앞쪽으로 다리를 엇갈린 채 햇볕 아래 앉아 있다가, 시간이 지나자 텁수룩한 머리를 가슴으로 떨어뜨리더군.

"나는 더 이상은 그늘에서 어슬렁거리고 싶지 않아서 황급히 사무소를 향해 갔어. 건물 근처에 오자 나는 백인 한 명을 만났는데, 그 차림새가 뜻밖에 너무나 우아해서 처음에는 환영인 줄 알았어. 그는 풀 먹인 하이칼라에 흰색 커프스, 가벼운 알파카천 재킷, 눈처럼 흰 바지, 깨끗한 넥타이를 하고 광택을 낸 장화를 신고 있었어. 모자는 없었지. 가르마를 타 빗어 넘긴 머리에는 기름을 발랐고, 크고 흰 손으론 녹색 안감을 낸 양산을 머리 위로 받치고 있었어. 그는 깜짝 놀랄만했는데, 이 사람의 귀 뒤에 펜대까지 꽂혀 있었거든.

"나는 이 기적 같은 인물과 악수를 하고, 그가 회사의 수석 회계사이며, 모든 장부관리가 이 사무소에서 이뤄진다는 사실을 알게 됐지. 그의 말에 따르면 '신선한 공기를 쐬러' 잠시 밖에 나왔다고 하더군. 그 표현이 앉아서 일하는 사무실 생활을 한다고 암시해서 놀랍도록 이상하게 들렸어. 내가 당시의 기억과 떼려야 뗄 수 없는 한 남자의 이름을 그 친구의 입을 통해서 처음 들은 게 아니라면 자네들에게 굳이 언급하지도 않았을 거야. 게다가 난 그 친구를 존경했네. 그래. 그가 입은 칼라, 넓은 커프스, 가지런히 빗은 머리를 존경했네. 그의 외양은 물론 이발소의 인형 같았지만, 그는 그 땅의 엄청난 혼란 속에서도 자신의 외양을 유지했거든. 그런게 바로 근성이야. 그의 풀 먹인 칼라와 장식으로 꾸민 셔츠 가슴판은 그의 품성의 성취를 보여줬어. 그는 그곳에서 일한 지 거의 3년이 됐어. 그리고 후에 나는 그에게 어떻게 리넨 옷을 그렇게 잘 차려입을 수 있느냐고 물어보지 않을 수 없었네. 그는 아주 살짝 홍조를 띠고는 겸손하게 말하기를 '사무소 부근의 원주민 여자 중 한 명을 가르쳤어요. 어려운 일이었지요. 그 여자는 그 일을 싫어했거든요.' 그렇게 그는 진실로 무언가를 성취한 거야. 그리고 장부에 열정을 쏟았고, 질서정연하게 정리해 놨지.

"그 외에는 사무소의 모든 것이 엉망진창이었어—사람, 물건, 건물 모두. 평발인 먼지투성이 검둥이들이 우르르 왔다 갔지, 공산품, 질 나쁜 면제품, 구슬, 놋쇠 철사가 끊임없이 암흑의 깊은 곳으로 줄지어 흘러들어가고 그 대가로 값비싼 상아가 조금씩 흘러나왔어.

"나는 열흘—영원 같은 시간—동안 그 사무소에서 기다려야 했지. 나는 마당에 있는 오두막에서 지냈지만, 그 혼돈에서 벗어나기 위해 가끔 회계사의 사무실에 찾아갔어. 사무실은 널빤지를 수평으로 붙여 지은 곳이었는데, 워낙 허술하게 지어서 그가 높은 책상 위로 몸을 구부리고 있자면 목부터 발꿈치까지 햇볕이 가로선으로 그의 몸에 비쳤어. 밖을 보려고 큰 덧창을 열 필요도 없었지. 실내도 더웠어. 커다란 파리들이 그악스럽게 윙윙댔고, 사람을 단순히 쏘는 것이 아니라 찔렀어. 나는 주로 바닥에 앉았고, 그동안 회계사는 흠잡을 데 없는 차림으로 (심지어 향수까지 살짝 뿌리고는) 높은 의자에 앉아 쓰고, 또 썼어. 가끔은 운동을 위해 일어서고는 했지. 바퀴 달린 침대에 환자 한 명(내륙 쪽에서 병에 걸린 주재원)이 그곳에 머물게 됐을 때 그는 넌지시 짜증을 드러냈어. '이 병자의 신음 때문에 집중력이 흐트러집니다.' 그가 입을 열었어. '그리고 집중하지 않으면 이런 기후에서는 사무 작업에서 오류를 피하기가 극도로 힘들어요.'

"어느 날은 그가 고개도 들지 않고 '내륙에서 틀림없이 커츠 씨를 만나게 될 겁니다'라고 하더군. 내가 커츠 씨가 누구냐고 묻자 일급 주재원이라고 했어. 그 대답에 내가 실망하는 기색을 보고 천천히 펜을 내려놓으며 덧붙였지. '매우 비범한 인물입니다.' 질문을 더 해서 커츠 씨는 현재 진짜 상아 생산지인 매우 중요한 교역소 소장으로 '멀리, 가장 깊은 오지에 있죠. 다른 모든 교역소를 합친 것보다 더 많은 상아를 보냅니다…'라는 말을 이끌어낼 수 있었어. 그는 다시 쓰기 시작했지. 병자는 신음을 낼 기운조차 없었어. 파리들이 아주 한가롭게 윙윙댔지.

"갑자기 웅성거리는 목소리들이 점점 커지더니 시끄럽게 쿵쿵대는 발소리가 들렸어. 대상행렬이 들어온 거야. 왁자지껄한 상스러운 말소리가 널빤지 너머에서 터져 나왔어. 짐꾼들이 모두 한꺼번에 말을 하고 있었고, 그 소란 와중에 그 날만 해도 스무 번째로 수석 주재원이 '포기할 것'이라고 울먹이며 한탄하는 목소리가 들렸지……. 회계사가 천천히 일어섰어. '끔찍한 소동이네요.' 그는 조용히 방을 가로질러 병자를 보러 갔다 와서는 내게 말했지. '그는 듣지 못해요.' '네? 죽은 건가요?' 나는 깜짝 놀라서 물었지. '아뇨, 아직은요.' 그가 매우 침착하게 대답했어. 그런 다음 고개를 젖혀 사무소 마당의 소란을 가리키며, '정확하게 장부 기재해야 할 때는 저런 야만인들을 증오하게 됩니다─죽을 만큼 증오하게 되죠.' 그는 잠시 생각에 잠겼어. '커츠 씨를 만나면' 그가 계속 말했어. '제 말씀을 전해 주십시오. 여기 모든 것이,'―그가 책상을 흘깃 봤어―'매우 만족스럽다고요. 저는 그에게 편지를 쓰고 싶지는 않습니다―우리 배달부들을 보면, 누구 손에 편지가 들어갈지 모르거든요―중앙 사무소에서는요.' 그는 온순하고 툭 튀어나온 눈으로 잠시 나를 응시했지. '아, 그는 높이, 아주 높이 올라갈 거예요.' 그가 다시 말을 시작했어. '그는 머지않아 경영진에서 알아주는 인물이 될 겁니다. 윗분들이―유럽에 있는 이사회에서 말이죠―그렇게 되기를 원하거든요.'

"그는 다시 일하기 시작했어. 밖에서 나던 소리는 조용해져 있었고, 나는 곧 밖으로 나가다가 문가에 멈춰 섰어. 파리들이 계속해서 윙윙대는 가운데, 고향으로 향할 예정이던 주재원은 열에 들떠 정신을 잃은 채 누워 있더군. 다른 한 명은 장부 위에 구부리고 앉아 완벽하게 정확한 거래를 정확하게 기재하고 있었어, 현관 계단 50피트 아래로 죽음의 숲을 이루는 나무들의 고요한 꼭대기가 보였어.

"그 다음날 나는 60명의 대상 행렬을 이끌고 드디어 그 사무소를 떠나 200마일의 도보여행에 나섰지.

"그 여정에 대해서는 별로 이야기해줄 게 없네. 오솔길, 어디든지 오솔길뿐이었어, 발길로 다져진 오솔길이 그물망처럼 텅 빈 땅에 걸쳐, 긴 풀 사이로, 불탄 풀 사이로, 덤불 사이로, 서늘한 협곡 아래위로, 열기로 달아오른 돌투성이 언덕 위아래로 펼쳐져 있었어, 적막, 적막, 사람 하나 없고, 오두막 하나 없었어. 주민들은 오래전에 떠난 상태였지. 음, 정체를 알 수 없는 검둥이들 여럿이 온갖 무서운 무기를 가지고 갑자기 딜[22]에서 그레이브젠드로 여행을 하면서 좌우의 시골뜨기를 잡아 무거운 짐을 나르게 한다면 근처의 농가와 오두막들이 모두 금방 비어 버리지 않겠는가. 다만 여기서는 집들도 사라진 거야. 그럼에도 불구하고, 나는 버려진 마을 몇 개를 지나갔어. 풀로 엮은 벽이 폐허가 된 집들에는 왠지 애잔할 만큼 유치한 구석이 있었어. 매일매일, 각자 60파운드의 짐을 짊어진 60쌍의 맨발이 쿵쿵대고 질질 끄는 소리를 등 뒤로 들었지. 야영지를 마련하고, 음식을 만들고, 자고, 야영지를 정리하고 또 걸었지. 어쩌다 가끔, 고된 일에 죽은 짐꾼이, 오솔길 근처 긴 풀 사이에 누워 있고 빈 물통과 긴 지팡이가 그 옆에 놓여 있더군. 주위에도 위에도 거대한 적막뿐이었어. 어쩌면 조용한 밤에는 멀리서 북을 치는 진동이 오르락내리락하며, 거대하고 희미하게 들렸을 거야. 기묘하며, 매혹적이며, 여러 가지를 연상시키는 야성적인 소리—기독교 국가에서의 종소리만큼 아마 중요한 의미를 가졌을 거야. 한 번은 단추를 채우지 않고 제복을 입은 백인 한 명이 호리호리한 잔지바르인 몇 명의 무장 호위를 받으며 길에서 야영하고 있었는데, 아주 후하고 흥겨운 사람이었어—취한 건 아니

---

22 Deal. 템스 강 하구 남안의 도시.

고. 도로 유지를 관리하고 있다고 하더군. 나는 도로도 유지도 전혀 못 보다가, 내가 3마일 더 가서 이마에 총알구멍이 뚫린 중년의 검둥이 시체에 전적으로 걸려 넘어진 게 영구적인 개선이라면 할 말 없네. 우리 일행에는 백인 동료도 있었어. 나쁜 친구는 아니었지만, 살이 좀 많이 쪄서 그늘도 물도 수 마일 떨어진 더운 언덕배기에서 졸도하는 분통 터지는 버릇이 있었지. 이 사람이 정신 차릴 때까지 내 코트를 그의 머리 위에 양산처럼 들고 있자면 짜증이 났거든. 한 번은 그에게 애초에 왜 그곳에 왔느냐고 묻지 않을 수 없었어. '돈 벌러 왔죠, 당연히. 아니면 왜겠어요?' 그가 통명스럽게 대답하더군. 그러고는 열이 났고, 장대에 매단 해먹에 실려 가야 했네. 그가 16스톤[23]이나 나가니 나는 배달꾼들과 언쟁이 그치지 않았어. 그들은 일하지 않고, 도망가고, 자기 짐을 들고 야반도주를 했지—꽤 하극상이었어. 그래서 어느 날 저녁에는 손짓을 섞어가며 내가 영어로 연설했는데, 60쌍의 눈이 그 손짓을 놓치지 않고 잘 보더군, 그리고 다음날 아침에는 해먹을 앞서 출발시켰어. 한 시간 후 수풀에 다다라 보니 만사가 엉망이더군—백인, 해먹, 신음, 담요, 공포. 무거운 장대가 그의 불쌍한 코의 껍질을 다 벗겨버린 거야. 아무나 내가 죽이기를 그가 안달하였지만, 짐 꾼이라고는 근처에 그림자 하나 보이지 않았지. 나는 그 늙은 의

---

23 16스톤은 약 100kg.

사 생각이 났어—'현장에서 개인들의 정신적 변화를 볼 수 있다면 과학에는 흥미로울 겁니다.' 내가 과학적으로 흥미로운 존재가 되어가고 있다고 느꼈어. 하지만, 다 소용없지. 15일째에 큰 강이 다시 눈에 들어왔고, 비틀거리며 중앙 사무소에 들어갔지. 덤불과 숲으로 둘러싸이고 물 흐름이 없는 물가였는데, 냄새나는 진흙으로 된 경계가 한 면을 아름답게 장식하고, 다른 삼면은 골풀이 무성하게 자라 울타리를 이루고 있었어. 방치된 울타리 틈이 유일한 출입구였고, 언뜻 보기에도 무기력한 악마가 그곳을 운영하고 있음을 알 수 있었지. 긴 막대기를 손에 든 백인들이 건물들 사이에서 느릿느릿 나타나 나를 한 번 보고는 다시 시야에서 사라졌어. 그중에 검은 콧수염을 기른 건장하고 흥분 잘하는 친구 하나가, 내가 누군지 말을 하자, 아주 수다스러웠고 자주 이야기가 샜는데, 내 증기선이 강바닥에 있다고 알려주더군. 나는 충격을 받았지. 뭐라고, 어떻게, 왜요? 아, '괜찮다'고 하더군. '사무소 감독께서' 계시다면서. 아무 문제 없대. '모두가 훌륭하게 대처했습니다, 훌륭하게!'—'어서 가셔서' 그가 흥분해서 말했어. '총감독님을 만나세요. 기다리고 계십니다.'

"나는 곧바로 그 침몰사건의 의미를 알아채지 못했어. 지금은 알 것 같아, 하지만 확실하지 않아—전혀. 물론 그 사건은 너무 터무니없어서—생각해보면—전적으로 자연스럽지 않아. 그럼에도⋯⋯. 하지만 그 당시에는 그냥 신경에 거슬리는 귀찮은 일이라고 받아들였어. 증기선이 물에 가라앉은 거야. 내가 도착하기 이틀 전에 갑자기 누군가가 자원해서 선장을 맡았고, 감독을 서둘러 태워서 강을 거슬러 올라갔는데, 암초에 부딪혀서 바닥이 찢겨 남쪽 둑 근처에서 가라앉은 거지. 내 배가 가라앉은 마당에 이제 거기서 뭘 해야 하나 자문했어. 하지만 사실 내가 지휘할 배를 강에서 건져내기 위해 할 일이 많았다네. 바로 다음날부터 그 일을 처리해야 했거든. 게다가 부서진 조각들을 사무소로 가지고 온 다음에 수리하는 데 몇 달이 더 걸렸어.

"감독과의 첫 만남은 기이했어. 내가 그 날 오전에 20마일을 걸어왔는데도 앉으라고 하지 않더군. 그는 안색, 외모, 태도, 목소리가 평범했어. 중키에 덩치가 보통이었어. 눈은 흔히 볼 수 있는 푸른색에 눈에 띄게 차가웠어, 그래서 분명히 도끼처럼 예리하고 묵직한 눈길을 누군가에게 줄 수도 있었지. 하지만 그런 때에도 그의 몸의 다른 부분은 그 의도를 부인하는 듯했어. 그 밖에는 입술에 설명하기 힘든, 희미한 표정, 무언가 숨기는 것─미소─미소가 아닌─표정을 내가 기억은 해, 하지만 설명은 못 하겠어. 그건 무의식적이었어, 이 미소는 그가 무언가 말을 막 끝낸 다음에는 순간적으로 강해지기는 했지만. 그의 이야기 마지막에는, 마치 가장 평범한 말의 의미를 완전히 헤아릴 수 없는 것처럼 만들기 위해, 미소가 봉인처럼 덧붙여졌어. 그는 젊은 시절부터 그 지역에서 일한 평범한 무역상─그 이상은 아무것도 아니었어. 사람들은 그에게 복종했지만, 그는 애정도 공포도, 심지어 존경도 불러일으키지 못했지. 그가 불러일으킨 감정은 불안감이었어. 그랬어, 불안감. 완전한 불신은 아니라—그저 불안감—그뿐이었어. 그와……, 그와 같은…… 특성이 얼마나 효과적인지 상상도 못 할 거야. 그는 조직을 꾸리고, 주도권을 잡거나, 심지어 질서를 세우는 데 전혀 소질이 없었어. 그건 사무소의 한심한 상태를 비롯해 여러 면에서 알 수 있었지. 그는 학식도 지능도 없었어. 그런데 그 자리를 얻었어—왜냐고? 아마 그가 절대 아프지 않았기 때문일 거야……. 그는 그때 그곳에서 3년 임기를 세 번 채운 상황이었어……. 모두가 병들 때 혼자 의기양양하게 건강하면 그 자체가 하나의 힘이야. 그는 휴가 차 귀국할 때면 크게 소동을 벌였어—거만하게. 상륙한 선원—차이라곤—겉모습만 달랐지. 이건 그가 일상적으로 이야기할 때 알 수 있었어. 그는 아무것도 새롭게 시작하지 않았어, 일상이 돌아가게 할 수 있었어—그게 다야. 하지만 그는 대단했어. 그는 그런 작은 일에 대단해서 무엇이 그런 사람을 통제할 수 있을지 아는 것은 불가능했어. 그는 절대 그 비밀을 알려주지 않았지. 아마 속에 아무것도 없는 사람이었을지도 몰라. 그런 의심이 들면 잠시 멈칫하게 되지—거기는 외부적인 견제가 없었으니까. 한 번은 여러 가지 열대 풍토병 때문에 사무소에 있던 거의 모든 '주재원'이 비실거리고 있었는데, 그가 '여기 나오는 사내들은 창자가 없어야 돼'라고 이야기하는 것을 누군가 들었다는군. 그는 그 말도, 마치 그가 지키는 어둠으로 통하는 문인 듯이 특유의 미소로 봉인했어. 무엇인가 봤다고 생각하지만—이미 봉인되었지. 백인들이 식사시간에 상석을 차지하려고 끊임없이 다투자 짜증이 나서, 그는 거대한 원형 식탁을 만들라고 지시했고, 식탁이 들어갈 건물도 특별히 지었어. 이게 사무소의 식당인 거야. 자기가 앉는 곳이 상석이고—나머지는 다 말석인 거지. 사람들은 그것이 그의 불변의 신념이라고 여겼어. 그는 정중하지도 무례하지도 않았어. 그는 조용했지. 그의 '보이'—해안 출신의 살찌고 젊은 검둥이—가 그가 보는 앞에서 백인들에게 몹시 건방지게 구는 것을 내버려뒀어.

"그는 나를 보자마자 말을 시작했어. 내가 오는 데 아주 오래 걸렸다는군. 그는 기다릴 수 없었다는 거야. 나 없이 출발해야 했다더군. 상류 사무소들을 구해야만 했다는 거야. 이미 지연이 너무 여러 번 돼서, 누가 죽고 누가 살아 있는지, 어떻게 지내는지—등등, 알지 못한다는 거야. 그는 내 설명에는 전혀 신경도 쓰지 않았어. 그리고 봉랍을 만지작거리면서 상황이 '아주 심각해, 아주 심각해'라고 여러 번 반복해 말했지. 아주 중요한 사무소 한 곳이 위기에 처했고 그곳의 소장인 커츠 씨가 병에 걸렸다는 소문이 돌고 있다는 거야. 그건 사실이 아니길 빈다더군. 커츠 씨는…… 나는 피곤하고 짜증이 났어. 빌어먹을 놈의 커츠 따위, 라고 생각했어. 나는 그의 말을 자르면서 커츠 씨에 대해 해안에서 들은 적이 있다고 했어. '아! 저 아래쪽에서도 그에 관해 이야기하는군.' 그가 혼잣말로 중얼거렸어. 그리고는 커츠 씨가 자기 휘하에서 가장 뛰어난 주재원이라고 장담하며, 특출한 사람이고 회사에서 매우 중요한 존재라고 하더군. 그래서 나는 그의 걱정을 이해하게 됐어. 그는, 그의 말에 따르면, '아주, 아주 불안하다'고 했어. 실제로 그는 의자에서 꽤나 안절부절못하였고 '아! 커츠 씨'라고 큰소리로 외치고는 봉랍을 부러뜨리고 그 실수에 당황한 것 같았어. 다음으로 그가 알고 싶어 한 것은 '얼마나 오래 걸릴까……'였어. 나는 다시 그의 말을 잘랐어. 배도 고프고, 글쎄, 계속 서 있다 보니 화가 났던 거지. '제가 어떻게 알겠습니까?'라고 대답했어. '아직 침몰한 배를 보지도 못했는걸요—분명히, 몇 달은 걸릴 겁니다.' 이 모든 대화가 아무 부질없는 것처럼 느껴졌어. '몇 달이리.' 그가 말했어. '그래. 출발하려면 일단 석 달 걸린다고 하세. 그래. 그럼 일이 될 거야.' 나는 그의 오두막에서 서둘러 나오면서 (그는 베란다 비슷한 것이 딸린 진흙 오두막에서 혼자 지냈지) 혼잣말로 그에 대한 의견을 중얼거렸어. 그는 말 많은 멍청이라고 말이야. 나중에 그가 그 '일'에 필요한 기간을 아주 정확하게 예측했음을 알아차리고는 그 의견은 철회했네.

"나는 다음날 작업을 시작했네, 말하자면, 사무소에 등을 돌렸지. 그렇게 해야만 내가 그나마 삶을 구원해주는 현실을 계속 잡고 있을 것 같았지. 그럼에도 때때로 주변을 돌아볼 수밖에 없었어, 그러면서 사무소를 바라보니 사내들이 햇볕 아래 마당에서 정처 없이 어슬렁거리고 있었어. 나는 가끔, 이 모든 것이 무엇을 의미하는지 자문해 봤어. 그들은 그 터무니없이 긴 막대기를 손에 들고 마치 신앙심 없는 순례자들처럼 썩어가는 울타리 안에서 홀린 듯 여기저기를 돌아다녔어. '상아'라는 단어가 공기 중에 떠돌고, 속삭여졌고, 한숨처럼 새나왔어. 자네들이 봤다면 그들이 상아에 대고 기도하는 것처럼 보였을 거야. 천치의 탐욕의 흔적이, 어떤 시체에서 풍기는 냄새처럼, 그 모든 것 사이로 퍼졌어. 세상에나! 나는 살면서 그렇게 비현실적인 광경은 본 적이 없네. 그리고 밖에서는, 땅 위의 이 공터를 둘러싼 고요한 야생이 나에게는, 악이나 진실처럼, 거대하고 정복할 수 없는 어떤 것이 이 기상천외한 침입이 지나가기를 참을성 있게 기다리는 것처럼 느껴졌어.

"아, 그 몇 달이란! 뭐, 그쯤 해두자고. 여러 가지 일이 있었지. 어느 날 저녁에는 옥양목과 날염한 면제품, 구슬 따위의 온갖 것들로 가득 찬 초가 움막 한 채에 너무나 갑자기 불이 붙어서, 땅이 복수의 불을 내뿜어 그 쓰레기더미를 모두 태워버리려고 입을 벌렸나 싶을 정도였어. 분해한 증기선 옆에서 나는 조용히 파이프 담배를 피우면서, 사람들이 불빛 속에서 팔을 높이 들고, 이리저리 뛰어다니는 것을 지켜보고 있는데, 콧수염 기른 건장한 사내가 손에 양철 들통을 들고 허둥지둥 강으로 달려와서, 모두가 '훌륭하게, 훌륭하게 대처하고 있다'고 나에게 장담하고는, 통에 물을 1

쿼트[24] 퍼 담아서는 다시 달려가더군. 내가 보니 들통 바닥에 구멍이 나 있었어.

"나는 천천히 걸어 올라갔어. 서두를 필요가 없었지. 움막은 성냥갑처럼 불에 탔거든. 처음부터 가망이 없었지. 불꽃이 높이 타올라서 모두 뒤로 물러서게 했고, 모든 것을 환하게 밝히더니―무너졌다. 움막은 이미 강렬하게 빛을 내는 잉걸불이 된 후였어. 검둥이 하나가 근처에서 얻어맞고 있더군. 그가 어떻게 했는지 불을 일으켰다는 건데, 그렇다 하더라도, 그는 아주 끔찍하게 비명을 지르고 있었어. 그 후 그가 며칠 동안 그늘에 앉아 매우 아픈 모습으로 회복하려고 애쓰는 모습이 눈에 들어오더군. 나중에 그는 일어서서 그늘 밖으로 나갔고―야생의 자연은 아무 말 없이 그를 품에 다시 받아들였지. 나는 어둠에서 불길이 내는 빛을 향해 다가가다가, 이야기를 나누는 어떤 두 사내의 뒤로 가게 됐어. 그들은 커츠의 이름을 거론하고는 '이 불행한 사고를 이용한다'는 말을 했어. 그중 한 명은 감독이었어. 나는 그에게 저녁 인사를 했지. '이런 거 본 적 있나―응? 믿을 수 없네.' 그가 말하고, 걸어갔지. 다른 한 명은 남아 있었어. 그는 일급 주재원으로, 젊고, 신사적이며, 약간 과묵하고, 턱수염이 갈라지고 매부리코였어. 그는 다른 주재원들과 서먹한 사이였는데, 나머지 사람들은 그가 감독의 첩자로 자기들

---

24 1쿼트= 1.135 리터.

을 감시한다고 했어. 난 말이야, 그전까지 그와 말을 나눈 적이 거의 없었지. 우리는 이야기를 나눴고, 곧 소리를 내며 타는 폐허로부터 점점 멀리 걸어갔어. 그리고 그가 사무소의 본관에 있는 자기 방으로 초대하더군. 그는 성냥불을 켰어. 나는 이 젊은 귀족이 은세공 세면도구 상자뿐 아니라 양초도 한 자루를 통째로 혼자 쓰고 있다는 것을 알게 됐지. 그때는 감독만이 양초를 쓸 권리가 있었거든. 현지의 돗자리들이 진흙 벽을 뒤덮고 있었어. 전리품인 창, 투창, 방패, 여러 자루 칼이 걸려 있었어. 이 친구에게 맡겨진 일은 벽돌을 만드는 것이라고—들은 적이 있었지만, 사무소 어디에도 벽돌은 조각조차 보이지 않았고, 그는 그곳에 온 지 일 년이 넘도록—기다리고 있었어. 어떤 것이 없으면 벽돌을 만들 수 없다는 것 같았어, 무엇인지는 몰라도—아마 짚이겠지. 어쨌든 그것이 그곳에는 없고, 유럽에서 공수할 가능성도 없어서, 나로서는 그가 무엇을 기다리는지 알 수 없었어. 특별한 것을 만들려고 했는지도 모르지. 하지만 그들은 모두 기다리고 있었어—그 열여섯인가 스무 명의 순례자들은—무엇인가를. 그들이 받아들인 방식을 보면, 맹세코 그리 부적합한 직업은 아닌 것 같았어, 내가 알기에는—그들을 찾아온 것은 오로지 질병뿐이었지만. 그들은 아둔한 방식으로 서로 험담하고 음모를 꾸미면서 시간을 때웠어. 사무소에는 모략의 분위기가 감돌았지만, 물론 드러나는 것은 없었어. 다른 모든 것들만큼이나—그러니까 그 사업이 내세우는 박애주의적인 명목, 그들의 대화, 그들의 운영, 그들이 보여주는 일만큼이나 비현실적이었지. 유일하게 진짜로 느껴지는 것은 상아를 손에 넣을 수 있는 무역식으로 승진해서 성과급을 받으려는 욕망뿐이었어. 그들은 단지 그것을 위해 서로 음모를 꾸미고 중상하고 증오했지—그러나 손가락 하나라도 까딱하는 행동은—천만에, 절대 하지 않았어. 말도 안 되지! 결국, 세상에서 고삐를 쳐다보는 건 안 되지만 말은 훔치도록 내버려두는 일이 있기는 한가 보지. 그냥 말을 훔치라는 거야. 뭐 어쨌든. 그냥 일을 저지르는 거야. 그가 말을 타고 다닐 수도 있겠지. 하지만 고삐를 쳐다보는 것만으로도 가장 자비로운 성인들이 화나게 할 정도로 도발할 수도 있어.

"나는 그가 왜 그렇게 사교적으로 굴려고 하는지 알 수 없었는데, 그곳에서 이야기를 나누는 동안 갑자기 깨닫게 된 것이, 이 친구가 무언가 목적—사실은 나에게서 정보를 얻어 내려는 것—이 있다는 것이었어. 그는 끊임없이 유럽을, 내가 그곳에서 알고 있을 사람들 언급하더군—무덤 같은 도시에 있는 나의 지인들 등에 대해 떠보는 질문들을 하면서. 그는 거만한 체하려고 약간 노력은 했지만, 그의 작은 눈은 운모(雲母) 원반처럼—호기심으로—빛났지. 나는 처음에 놀랐지만, 곧 그가 나로부터 무엇을 알아내려고 하는지 무척 궁금해지더군. 도대체 내가 가진 무엇 때문에 그가 그렇게 시간을 들이는지 알 수 없었거든. 그가 곤란해 하는 것을 보는 것이 아주 재미있었지, 사실 나는 차갑게 굴었고 내 머리는 그 빌어먹을 증기선 일 말고는 아무 생각이 없었으니까 말이야. 그는 내가 아주 뻔뻔한 거짓말쟁이라고 생각하는 것이 분명했어. 마침내 그가 화가 났고 심한 짜증을 숨기려고 하품을 하더군. 나는 일어섰지. 그러다가 패널에 스케치한 작은 유화 작품이 눈에 띄었는데, 천으로 몸을 감싸고 눈을 가린 채 불붙은 횃불을 든 여인의 모습이었어. 배경은 검정에 가까워—어두운색이었지. 여인의 움직임은 위엄이 있었고, 횃불이 얼굴에 비쳐 불길해 보이는 효과가 났어.

"그 그림이 나를 사로잡았어, 그는 양초를 끼운 반 파인트짜리 빈 샴페인 병(의료용이라더군)을 들고 옆에 정중히 서 있었지. 내가 그림에 관해 물어보자 그는 커츠 씨가 그렸다고 하더군—바로 이 사무소에서 일 년 넘어 전에—자신의 교역소로 갈 배편을 기다리는 동안. 내가 말했어, '부디 말씀해 주시죠. 이 커츠 씨라는 분이 누굽니까?'

"'내륙 사무소의 소장이죠.' 그가 눈길을 피하며 무뚝뚝한 어조로 대답했어. '이렇게 감사할 수가,' 내가 웃으며 말했지. '그리고 당신은 중앙 사무소의 벽돌공이죠. 누구나 그걸 알아요.' 그는 잠시 침묵하더군. '그는 천재입니다.' 그가 마침내 말했어. '그는 자비와 과학과 진보, 그리고 그 외에도 여러 가지를 대변하는 사절이죠. 우리가 원하는 것은' 그가 갑자기 열변을 토했어. '유럽이 우리에게 맡긴 명분을 지도해 주는 것, 말하자면, 더 뛰어난 지성, 넓은 공감, 단일한 목적 말입니다.' '누가 그런 말을 하죠?' 내가 물었어.

'많은 사람이요.' 그가 대답했지. '몇몇은 글까지 쓰는걸요. 그래서 '그가 이곳에 온 겁니다. 그 특별한 인물이요, 당신도 이미 아시다시피.' '내가 왜 알고 있다는 거죠?' 나는 정말로 놀라서 물었어. 그는 신경 쓰지 않더군. '그래요. 그가 지금은 최고 사무소의 소장이지만, 내년에는 부감독이 될 거고, 2년이 더 지나면…… 하지만 감히 말씀드리자면 당신은 이미 2년 후에 그가 어떤 자리에 있을지 알고 계시겠죠. 당신은 새로운 무리—덕 있는 사람 중 하나죠. 커츠 씨를 특별히 보낸 바로 그 사람들이 당신도 추천했어요. 오, 아니라고 하지 마세요. 저는 제 두 눈을 믿습니다.' 그때 깨달았어. 내 친애하는 아주머니의 영향력 있는 지인들이 그 젊은이에게 예상치 못한 영향을 미치고 있는 것이었어. 나는 하마터면 웃음을 터뜨릴 뻔했지. '회사의 기밀 서한을 읽는 건가요?' 내가 물었지. 그는 아무 말이 없더군. 정말 재미있었어. '커츠 씨가' 내가 엄하게 말을 이었어, '총감독이 되면, 당신은 그럴 기회가 없을 겁니다.'

   "그가 갑자기 촛불을 불어 꺼서, 우리는 밖으로 나갔어. 달이 떠 있었지. 검은 형체들이 힘없이 오가면서 불씨에 물을 끼얹었어. 그러면 피시식 소리가 나면서 수증기가 달빛 속으로 올라갔지, 매맞은 검둥이는 어디선가 신음을 냈지. '몹쓸 놈 시끄럽게도 구네.' 지칠 줄 모르는 콧수염 사내가 우리 주변에 나타나며 말했어. '맞아도 싸요. 일탈—처벌—쾅! 무자비하게, 무자비하게. 그게 유일한 길입니다. 이것으로 앞으로 모든 화재를 예방할 겁니다. 방금 감독님께 말씀드리고 있었는데……' 그는 내 옆의 동료를 보고는 갑자기 멋쩍어했어. '아직 안 주무시네요'라고 그가 뭔가 비굴하게 친절한 투로 말했지. '그럴 만하죠. 하! 위험해요—선동 말입니다.' 그가 사라졌어. 나는 강변을 따라갔고, 다른 한 명은 내 뒤를 따랐어. 귓가에 혹독한 웅얼거림이 들렸어. '멍청이들 같으니—젠장.' 순례자들이 옹기종기 모여 몸짓을 섞어가며 의논하는 것이 보였어. 여럿이 아직 손에 막대기를 쥐고 있었거든. 나는 그들이 정말이지 잠자리에서도 막대기를 쥐고 있었을 거로 생각해. 울타리 너머로 달빛 아래 숲이 유령처럼 서 있었어, 그리고 어둑한 떨림 사이로, 구슬픈 마당의 희미한 소리 사이로, 땅의 침묵이 듣는 이의 심장에 절절하게 새겨졌지—그 신비가, 그 거대함이, 그 숨겨진 생명의 경이로운 현실이. 다친 검둥이가 근처 어디선가 나약하게 신음하더니 깊은 한숨을 쉬기에 나는 그곳에서 벗어나는 쪽으로 움직였어. 어떤 손이 내 팔 아래로 다가오는 것이 느껴지더군. '친애하는 선생님,' 그 친구가 말하더군, '저는 오해를 받고 싶지 않습니다, 특히 커츠 씨를 저보다 훨씬 먼저 뵐 선생님으로부터는요. 그가 제 성품에 대해 잘못된 인상을 받기를 바라지 않아요……'

"종이로 만든 이 메피스토펠레스 같은 자가 말을 계속하도록 나는 내버려뒀는데, 그를 검지로 찌르면 아마 그 속엔 먼지 한 줌 말고는 아무것도 없을 것 같았어. 그는, 알겠나, 지금의 감독 아래서 곧 부감독을 맡을 계획이었는데, 내가 보기에 커츠 그 사람이 오는 것이 두 사람 모두를 적지 않게 동요시켰어. 그는 허둥대며 말을 했고 나는 그의 말을 끊으려고 하지 않았지. 강에 사는 어떤 큰 동물의 사체처럼 비탈에 끌려 올라온 내 망가진 증기선에 나는 어깨를 기대고 있었어. 진흙, 맹세코! 그 원시의 진흙 냄새가 내 코를 채웠고, 원시림의 고요한 정적이 내 눈앞에 펼쳐있었어. 검푸른 냇물에는 빛나는 조각들이 있었어. 달이 모든 것에 얇은 은색의 막을 퍼뜨려 두고 있었어—강기슭에 나란히 선 풀 위에, 진흙 위에, 사원의 벽보다도 높이 선 수풀의 벽 위에, 어두침침한 틈 사이로 볼 수 있는, 소리 없이 넓게 흘러가며 반짝이며, 반짝이는 큰 강 위에. 이 모든 것이 거대하고, 기대에 차 있었고, 고요한데 그는 끊임없이 자신에 대해 주절거리고 있었지. 우리 둘을 바라보고 있는 이 거대함의 표면에 깃든 고요가 과연 호소인지 위협인지 나는 궁금해졌어. 이곳에서 머문 우리는 무엇이란 말인가? 우리가 저 말 없는 것을 다룰 수 있을까, 아니면 저것이 우리를 지배할 것인가? 나는 저 말 못하고 아마 듣지도 못하는 것이 얼마나 큰지, 얼마나 엄청나게 큰지 느꼈지. 저 안에는 무엇이 있는가? 저기서 상아가 좀 나오는 것을 볼 수 있었고, 저 안에 커츠 씨가 있다고 듣기는 했지. 그것에 대해 충분히 듣기도 했어—정말 그랬지! 하지만 그에 대해 떠오르는 이미지는 없었어—마치 그 안에 천사나 악귀가 있다고 들었을 때처럼. 자네들 중 누군가가 화성에 사람이 산다고 믿을지 모르겠지만, 그와 비슷하게 나는 그것을 믿었어. 전에 스코틀랜드 출신 돛 제작업자를 한 명 알고 지냈는데, 그는 화성에 사람이 산다고 굳게 믿더군. 그에게 화성인들이 어떻게 생겼고 행동하는지 물으면 갑자기 부끄러워하며 '네 발로 걷는다'는 등 중얼거렸지. 그에게 미소라도 보일라치면—나이가 60이 된 사람이지만—싸움을 걸어오려 할 거야. 나는 커츠 때문에 싸울 정도는 아니었지만, 거짓말 비슷한 것을 하기는 했지. 알다시피 나는 거짓말을 증오하고 혐오하고 참을 수 없어 하는데, 자네들보다 더 정직해서라기보다는 단지 거짓말이 나를 소름 끼치게 하기 때문이야. 거짓말에는 죽음의 흔적, 필멸의 냄새가 있어—그게 바로 내가 혐오하고 증오하는 것이야—잊고 싶어 하는 것이거든. 썩은 음식을 베어 먹은 것처럼 나를 우울하고 역겹게 해. 내 성격이겠지. 글쎄, 그 젊은 친구가 유럽에서 내가 가진 영향력에 대해 상상하고 싶은 대로 뭐든지 믿게 내버려 두다가, 거짓말 가까이 가게 되었지. 나는 순식간에 넋을 빼앗긴 나머지 순례자들만큼이나 속물이 된 거야. 당시만 해도 내가 보지 못한 커츠라는 인물에게 단순히 뭔가 도움이 될 것이라는 생각에서 한 일이었어—알겠지. 그는 나에게 하나의 낱말에 지나지 않았어. 지금 자네들처럼 그 이름에서 나는 그 사내를 볼 수 없었어. 자네들은 그가 보이는가? 그 이야기가 보이는가? 무엇이라도 보이는가? 나는 꿈을—덧없는 시도를—자네들에게 이야기하는 것 같네. 왜냐하면, 어떤 꿈 이야기도 꿈의 감각을 전해주지 못하니까, 투쟁하는 반란의 전율 속에 불합리함,

놀라움, 당혹감의 그 존재, 꿈의 가장 본질이라고 할 수 있는, 믿을 수 없는 것에 사로잡혔다는 그 느낌 말일세……."

그는 잠시 침묵했다.

"……아니, 그건 불가능해. 어떤 이가 존재한 특정한 시대의 삶의 감각―그 진실, 그 의미를 만드는 것―을, 그 미묘하고 관통하는 본질을 전한다는 것은 불가능해. 불가능하지. 우리가 사는 것은, 꿈꾸는 것처럼―혼자서야……."

그는 생각에 잠긴 듯 다시 말을 멈췄다가 말을 이었다.

"물론 이 점에서 자네들은 내가 그때 볼 수 있었던 것보다 많이 볼 수 있어. 자네들은 나를, 자네들이 아는 나를……."

완전히 깜깜해져서 이야기를 듣던 우리는 서로를 거의 볼 수 없었다. 그는 이미 오래전부터 우리와 떨어져 앉아있어서, 하나의 목소리일 뿐이었다. 누구도 말 한마디 없었다. 다른 이들은 잠이 들었는지도 모르지만, 나는 깨어 있었다. 귀 기울여 들었다. 문장 하나, 낱말 하나 놓치지 않으려고 귀 기울여 들었다. 그것은, 강의 무거운 밤공기 아래서 인간의 입술 없이 스스로 형체를 갖춰 가는 것 같은 이 이야기가 불러일으킨 희미한 불편함에 대한 실마리를 줄 것이었다.

"…… 그래―나는 그가 말을 계속하도록 내버려뒀지." 말로가 다시 이야기를 시작했다. "그리고 내 배후의 세력들에 대해 마음대로 생각하게 내버려뒀어. 내버려뒀어! 그런데 내 배경에는 아무것도 없었지! 그가 '모든 사람이 출세할 필요성'에 대해 유창하게 말할 동안, 내가 기대 있는, 그 낡고 결딴난 증기선 말고는 아무것도 없었지. '그리고 여기로 오는 사람들은, 아시다시피, 달을 바라보러 오는 게 아니거든요.' 커츠 씨는 '만능 천재'였지만, 아무리 천재라도 '적절한 도구—지능적인 사람들'이 있다면 일하기가 더 편하리라는 거였어. 그는 벽돌을 만들지 않았는데—그러기에는 물리적 장애물이 있었어—내가 잘 알고 있듯이. 그리고 그가 감독을 위해 비서 일을 한다면, 그것은 '어떤 합리적인 사람도 그의 상사들의 신뢰를 이유 없이 거절하지는 않을' 것이기 때문이었어. 이해하느냐고 묻더군. 이해한다고 대답했어. 더 원하는 것이 뭐냐고 묻더라고. 내가 진짜로 원하는 것은, 빌어먹을, 대갈못이었어! 대갈못이었다고. 계속 일하기 위해—배의 구멍을 메우기 위해서였지. 대갈못을 원했어. 해안에는 상자째로 쌓여서—상자가—터지고—갈라질 지경이었어! 언덕 위의 사무소 마당에서는 두 발짝마다 발길에 차이는 것이 대갈못이었지. 대갈못들이 죽음의 숲으로 굴러 들어갔지. 멈춰 서서 몸을 구부리는 수고만 한다면 주머니 가득 대갈못으로 채울 수 있었는데—정작 필요한 곳에서는 한 개도 찾을 수 없었던 거야. 적당한 철판이 있어도 그것을 고정할 것이 없었어. 그리고 매주 검둥이 심부름꾼이 혼자서 편지 가방을 어깨에 메고 손에 장대를 들고 우리 사무소를 떠나 해안으로 갔지. 그리고 매주 몇 번이나 해안의 대상이 거래품—보는 것만으로도 진저리가 날 정도로 끔찍하게 광을 낸 옥양목, 한 쿼트에 일 펜스 정도 가치의 유리구슬, 조악한 물방울무늬 면 손수건—을 가지고 왔어. 그런데 대갈못은 없었어. 짐꾼 세 명이면 그 증기선을 물에 띄우는 데 필요한 건 다 가져올 수 있었을 거야.

"그가 이제 터놓고 말을 하고 있었지만, 내 반응 없는 태도에 마침내 짜증이 났던 것 같았어. 그가 한낱 인간은 말할 것도 없고, 신도 악마도 두려워하지 않는다고 나에게 말할 필요를 느꼈으니까. 나는 아주 잘 알겠다고 대답했지. 그러나 일정량의 대갈못을 원한다고—그리고 커츠 씨가 이 상황을 알기만 했다면, 그가 진정으로 원하는 것도 대갈못이었을 것이라고 말했지. 매주 해안으로 편지를 보내니…… '친애하는 선생님' 그가 외쳤어. '저는 불러주는 대로 받아 적습니다.' 나는 대갈못을 요구했어. 방법이 있을 거거든—머리가 좋은 사람에게는. 그러자 그는 태도를 바꾸면서 아주 냉정해지더니, 갑자기 어떤 하마에 관해 이야기하기 시작했지. 증기선에서 자면 (나는 밤낮 인양 작업에 몰두했어) 방해를 받지 않는지 궁금해하더군. 늙은 하마 한 마리가 밤에 기슭으로 나와서 사무소 대지를 돌아다니는 골치 아픈 버릇이 있다더군. 순례자들은 무리를 지어 나와서 손에 잡히는 대로 소총을 다 비우도록 그놈을 쏴댔지. 그놈 때문에 몇몇은 불침번까지 섰어. 하지만 이 모든 노력이 허사였지. '그 녀석은 불멸의 삶을 살고 있어요.' 그가 말했다. '하지만 이런 말은 이 나라에서 동물들에게나 쓸 수 있습니다. 어떤 인간도—아시겠어요?—어떤 인간도 불멸의 삶을 살지 않거든요.' 그는 달빛 아래서 그 가냘픈 매부리코는 약간 비뚜름하게, 그리고 운모 같은 눈은 깜빡이지도 않고 반짝이면서 잠시서 있다가, 퉁명스럽게 인사를 하고 성큼성큼 멀어져갔어. 그가 불편하고 상당히 당황했다는 것이 보여서 나는 며칠 만에 가장 희망적인 기분이었지. 그 녀석에게서 내 영향력 있는 친구인, 부서지고 뒤틀리고 망가진 싸구려 증기선으로 향하게 된 것이 큰 위안이었어. 나는 배 위로 올라갔어. 내 발아래선 시궁창에서 발로 차인 빈 헌틀리 앤드 파머[25] 비스킷 깡통같이 소리가 울리더군. 그리 단단하게 만들어지지도 않았고, 모양은 더욱 볼품없는 배였지만, 나는 그 배를 고치느라 워낙 열심히 일해서 그 배를 사랑하게 됐지. 어떤 영향력 있는 친구도 나에게는 그보다 도움이 되지는 않았을 거야. 그 배 덕분에 나는 나 자신을 드러낼 기회—내가 어떤 일을 할수 있는지 알아낼 기회를 얻었어. 아니, 난 일하는 걸 좋아하지는 않아. 나는 차라리 빈둥거리며 가능한 모든 멋진 일들을 생각하는게 나아. 나는 일을 좋아하지 않지—그건 누구나 마찬가지지—하지만 일 안에 무엇이 있는지 좋아해—바로 자신을 찾는 것 말이야. 자신의 현실—남을 위한 것이 아닌 자신을 위한 것—어떤 다른 사람도 절대 알 수 없지. 남들은 그저 보여주는 것만 볼 뿐, 그

25 Huntley & Palmer. 영국의 과자 제조업체 이름.

것이 진정으로 무엇을 의미하는지는 절대 알 수 없어.

"나는 누군가 갑판 후미에 앉아 진흙 위에 다리를 흔들고 있는 것을 보고도 놀라지 않았어. 나는 사무소에 몇 명 없는 기술자들과 꽤 친하게 지내고 있었는데 다른 순례자들은 그들을 경멸했어—추측건대 예의를 제대로 차리지 않아서 같아. 이 사람은 사무소 십장—직업은 보일러 제작자—훌륭한 일꾼이었지. 호리호리하고 뼈가 앙상한 몸에 얼굴빛은 노랗고 눈이 크고 강렬했어. 걱정스러운 표정에 머리는 손바닥처럼 반들반들하게 벗겨져 있었지, 그래도 빠진 머리가 턱에 붙어 새로운 곳에서 번성한 것처럼, 수염이 허리까지 내려왔어. 홀아비에 애가 여섯 명이었는데 (이곳으로 오기 위해 누이에게 맡겼다더군), 그가 열정을 쏟은 일은 비둘기 날리기였어. 그는 그 일에 열광적이었고 전문가였지. 비둘기에 대해 열변을 토하고는 했어. 근무 시간 후에 가끔 자기 자식들과 비둘기들에 관해 이야기하기 위해 자신의 오두막에서 건너오기도 했지. 일하다가, 증기선 바닥 밑의 진흙으로 기어들어가야 할 때는, 수염을 싸기 위해 가져온 흰 냅킨 같은 것으로 그 수염을 묶어뒀어. 귀에 걸도록 고리가 달려 있었지. 저녁이면 강기슭에 쭈그리고 앉아 그 싸개를 아주 조심스럽게 헹궈서 풀숲에 엄숙하게 널어두는 모습을 볼 수 있었어.

"나는 그의 등을 철썩 치고는 소리쳤어. '우리에게 대갈못이 생길 거야!' 그는 급히 일어서며 자기 귀가 믿어지지 않는다는 듯이

'말도 안 돼! 대갈못이라니!'라고 소리를 질렀어. 그러고 나서 낮은 목소리로 '자네……응?'이라고 했지. 우리가 왜 미치광이처럼 굴었는지 모르겠어. 나는 손가락을 코 옆에 대고 모호하게 고개를 끄덕였지. '잘됐네!' 그가 소리치고는 발 하나를 들고 머리 위로 손가락을 퉁겼어. 나는 춤을 추는 시늉을 했어. 우리는 철제 갑판 위를 신 나게 뛰어다녔지. 그 낡은 배에서 무시무시한 쿵쾅 소리가 났고, 개울 건너편의 원시림에선 천둥 같은 소리를 잠든 사무소로 되돌려 보내더군. 순례자 몇 명은 오두막에서 벌떡 일어나 앉았을 거야. 어두운 형체 하나가 감독의 오두막의 불 켜진 현관을 가렸다가 사라졌고, 일이 초 지난 다음에는 현관도 사라졌어. 우리는 뛰기를 멈췄고, 우리의 발 구르는 소리에 밀려났던 고요가 땅의 깊숙한 곳에서 되돌아 흘러왔지. 수풀의 거대한 벽, 무성하고 헝클어진 나무 기둥, 줄기, 잎, 가지, 꽃줄이, 소리 없는 생명의 떠들썩한 침입처럼, 달빛 아래 움직임 없이, 개울 위로 무너져 내리고, 우리 모든 작은 인간들을 자신의 작은 존재에서 휩쓸어갈 기세로, 쌓여 물마루를 이루며 밀려오는 나무들의 파도 같았어. 그리고 움직이지 않았어. 거대한 첨벙거림과 씨근거림의 둔한 분출이, 마치 어룡이 번쩍이며 큰 강에서 목욕하는 듯이, 멀리서 우리에게 이르렀어. '사실 말이야.' 보일러 제작자가 적정한 어조로 말했어. '우리가 대갈못을 구하지 못할 이유가 있나?' 그럴 이유 없지, 정말로! 나는 그러지 못할 이유가 하나도 없다고 생각했어. '3주면 올 거야'

라고 나는 자신 있게 말했지.

"하지만 오지 않았어. 대갈못 대신에 침입이, 형벌이, 천벌이 찾아왔어. 그 후 3주에 걸쳐 몇 개 행렬로 나눠서 왔는데, 각 행렬을 앞장선 당나귀엔 새 옷을 입고 무두질한 신발을 신은 백인이 탔고, 그 높이에서 깊은 인상을 받은 좌우의 순례자들에게 고개 숙여 인사하고 있었지. 발병이 나서 부루퉁한 검둥이 한 무리가 왁자지껄하게 당나귀 뒤를 따랐어. 텐트, 접의자, 주석 상자, 흰색 짐 상자, 갈색 꾸러미 여러 개가 마당에 던져졌고, 혼란스러운 사무소에는 불가사의한 분위기가 조금 더 깊어지고는 했어. 이런 물건들이 다섯 번 왔는데, 수많은 옷가게와 식료품점을 털고서 무질서하게 도망친 듯한 터무니없는 분위기여서, 그들이 약탈 후에 공평하게 분배하려고 야생의 자연으로 짐을 끌고 온 것으로 보일 정도였어. 엉망진창으로 뒤섞인 물건들은 그 자체로는 멀쩡한데 인간의 어리석음 때문에 도둑질한 약탈품처럼 보이는 거더군.

"이 헌신적인 무리는 스스로를 엘도라도 탐험 원정대라고 불렀고, 나는 그들이 기밀 서약을 했다고 생각했어. 그러나 그들의 대화는 더러운 해적들의 말이었어. 대담하지 않으면서 무모하고, 용감하지 않으면서 탐욕스럽고, 용맹하지 않으면서 잔인했어. 그 무리 전체에서 선견지명이나 진지한 의도라고는 티끌만큼도 없었고, 그들은 그런 것들이 이 세상의 일에 필요하다는 사실을 알지 못하는 것 같았지. 땅의 내장에서 보물을 끄집어내는 것이 그들의 욕망이었는데, 금고를 터는 도둑들처럼 그 뒤에 어떤 도덕적 목적도 없었어. 그 고귀한 사업의 비용을 누가 댔는지 나는 모르지만, 우리 감독의 친척 아저씨가 그들의 우두머리였어.

"겉보기에 그는 가난한 동네 백정 같았고 눈에는 나른한 교활함이 있었지. 그는 뚱뚱한 배를 짧은 다리 위로 거들먹거리며 다녔는데 그의 무리가 사무소에 기생하는 동안 조카 말고는 누구에게도 말을 걸지 않았어. 이 둘이 머리를 가까이 맞대고 담소를 나누며 온종일 돌아다니는 것을 볼 수 있었지.

"나는 대갈못 걱정은 포기한 상태였어. 사람은 그런 종류의 어리석음을 인내할 능력에는 생각보다 더 짧은 한계가 있더군. 나는 제기랄! 하고—그대로 뒀어. 나는 숙고할 시간이 남아돌았고 때때로 커츠에 대해 잠시 생각했어. 그에게 아주 흥미를 느낀 것은 아니었어. 아니었지. 그래도, 어떤 도덕적 이상을 가지고 나온 이 사내가 결국 맨 위로 올라갈지, 그리고 그 자리에 올라갔을 때 어떻게 일을 할지 나는 궁금했어."

2장

"어느 날 저녁, 내가 증기선 갑판에 납작 누워 있다가 사람 목소리가 가까워지는 것이 들렸어—조카와 아저씨가 기슭을 따라 어슬렁어슬렁 걸어오더군. 나는 다시 머리를 팔에 누이고 거의 잠이 들었는데, 누군가가 내 귀에다 대고 말하는 것처럼 가까워서 소리가 들렸어. '저는 어린아이처럼 누구도 해치지 않는 사람이에요. 그렇다 해도 명령을 받는 것은 안 좋아해요. 제가 감독인가요—아닌가요? 그를 그곳으로 보내라는 명령을 제가 받았어요. 믿을 수 없었죠.' …… 나는 그들이 내 머리 바로 아래, 증기선 앞부분 옆으로 강변에 서 있다는 것을 알게 됐어. 나는 움직이지 않았지. 움직여야겠다는 생각이 들지 않더군. 졸렸거든. '정말 불쾌한 일이야.' 아저씨 쪽이 푸념하더군. '그가 경영진 측에 그곳으로 보내달라고 요청했어요,' 다른 한 명이 말했어. '자신이 할 수 있는 일을 보여주겠다는 생각으로요. 그리고 저는 그렇게 명령을 받았죠. 그 사내가 틀림없이 가지고 있을 영향력을 보세요. 끔찍하지 않나요?' 둘 다 끔찍하다는 데 동의하고 이상한 말을 몇 마디 하더군. '비를 내리고 날씨를 맑게 하고—혼자—이사회—쥐고 흔드는'—문장의 이상한 조각들 때문에 졸음이 달아나서, 아저씨 쪽에서 다음 말을 했을 때, 나는 거의 잠에서 깼어. '기후가 이런 어려움을 없애줄 수도 있어. 그는 거기 혼자 있는 건가?' '맞아요.' 감독이 대답했어. '그가 부하 직원을 강 아래로 보내면서 저에게 노트를 전달하게 했는데 이런 말이 쓰여 있더군요. "이 불쌍한 녀석을 나라 밖으로 내보내 주시기 바라며, 이런 부류를 저에게 더 보내실 필요 없습니다. 당신이 저에게 보내버린 사내들과 함께 있으니 차라리 혼자인 것이 낫습니다." 그때가 일 년도 더 전이죠. 그런 건방진 태도를 상상이나 할 수 있습니까?' '그 후로 별일 없었나?' 다른 한 명이 쉰 목소리로 물었어. '상아요' 조카가 내뱉었어. '아주 많이요—최고급 상아가—아주 많이—짜증이 나게 왔죠.' '다른 건?' 무거운 소리가 질문했지. '청구서요.' 답이 튀어나왔지. 그리고는 침묵이었어. 그들은 커츠에 대해 이야기하고 있었던 거야.

"나는 그때쯤에는 다 깨어 있었지만, 아주 편하게 누워서 가만히 있었지, 자세를 바꿀 이유가 없었거든. '그 상아가 어떻게 여기까지 왔지?' 화가 잔뜩 난 것 같은 나이 든 사내 쪽이 물었어. 다른 한 명 설명이, 커츠가 데리고 있는 혼혈 영국인 서기의 책임 아래 있는 카누 선단에 싣고 왔다더군. 당시 사무소에는 물품과 비축분이 동나서 커츠 자신이 오려 했는데, 300마일을 온 뒤에 갑자기 돌아가기로 결정하고, 노 젓는 사람 네 명과 같이 작은 통나무배를 타고 혼자 돌아가면서, 혼혈인에게 상아를 가지고 계속 강을 내려가게 했다는 거야. 두 놈은 누군가 그런 일을 시도할 수 있다는 사실에 어리둥절한 것 같더군. 그들은 타당한 동기를 찾을 수 없어 당황했던 거야. 나로서는 커츠를 처음으로 보는 기분이었어. 그것은 흘깃 스친 두드러진 모습이었어. 통나무배, 노 젓는 네 명의 야만인, 그리고 백인 한 명이 홀로 갑자기 본사로부터, 안식으로부터, 고향에 대한 생각으로부터—아마도, 등을 돌려, 야생 깊숙한 곳으로, 그의 텅 비고 황량한 사무소로 고개를 향하는 모습이었지. 나는 그 동기는 알지 못했네. 그저 단순히 자기 일 그 자체에 열중하는 아주 훌륭한 친구일 수도 있겠지. 그동안 그의 이름은 한 번도 발음되지 않았다는 것을 알아야 해. 그는 '그 사내'였어. 내가 보기에는 매우 조심스럽고 용감하게 어려운 여행을 해야 했고 담력을 보여준 혼혈인은 예외 없이 '그 불한당'이라고 불리더군. 그 '불한당'은 그 '사내'가 병세가 매우 깊고—완전히 회복되지 않았다고 보고했다는 거야…… 내 아래에 있던 두 사람은 몇 발짝 멀어져가더니, 약간 떨어진 곳에서 서성댔어. 나는 '군기지—의사—200마일—이제 전적으로 혼자—불가피한 지연—9개월—아무 소식 없고—이상한 소문'이라는 말을 들었어. 그들은 다시 다가왔고 마침 감독이 '제가 아는 한은, 원주민에게서 상아를 뜯어내는 귀찮은 놈—떠돌이 교역꾼을 제외하고는 아무도 없죠라고 말하던 참이었어. 이번에는 누구에 관해 이야기하는 걸까? 나는 들은 정보를 조각조각 모아 그가 커츠의 지역에 있는 어떤 사람인데 감독이 마땅치 않아 한다고 추측했어. '이 친구 중 한 명이 본보기로 목이 매달리지 않는 이상 우리는 불공정 경쟁에서 자유로울 수 없어요.' 그가 말했어. '확실히 그래' 다른 한 명이 으르렁댔어. '그런 놈은 목매달아야지! 왜 안 돼? 이 나라에서는 무엇이든—무엇이든 할 수 있어. 그게 내 생각이야. 여기서는, 여기서는 누구도 네 자리를 위협할 수 없다는 것을 알아둬. 왜냐고? 너는 기후를 견디니까—누구보다 오래 버티니까. 위험은 유럽에 있지만, 그곳은 내가 떠나기 전에 손봐—' 그들은 멀어져가면서 속삭이다가, 다시 목소리가 높아졌어. '이 이례적인 지연이 계속된 건 제 탓이 아닙니다. 저는 최선을 다했어요.' 뚱뚱한 남자가 한숨을 쉬었어. '아주 안타까운 일이야.' '게다가 어찌나 성가시게 터무니없는 말을 해대는지,' 다른 한 명이 말을 이었어. '그는 여기 있는 동안 저를 아주 귀찮게 했어요. "각각의 사무소는 더 나은 것들로 향하는 길 위의 신호 횃불과 같아야 합니다. 당연히 교역의 중심이어야 하고, 동시에 인간화하고, 개선하고, 지도하기 위한 것이기도 해야 합니다." 아시겠어요—미친놈 같으니! 그리고 그는 감독이 되고 싶어합니다. 아니, 그게—' 이때 그는 분노가 지나쳐 사레가 들렸고, 나는 머리를 아주 조금 들어 올렸어. 그들이 얼마나 가까이 있는지 보고 놀랐지—바로 내 아래에 있었거든. 그들의 모자에 침을 뱉을 만한 거리였지. 그들은 생각에 잠겨 땅을 내려다보고 있더군. 감독은 가느다란 나뭇가지로 자기 다리를 치고 있었어. 그의 지혜로운 친척이 고개를 들었지. '이번에 나온 후로는 잘 지냈나?' 그가 물었어. 다른 한 명이 흠칫 놀라더군. '누구요? 저요? 아! 마법처럼—잘 지냈죠, 마법처럼. 하지만 다른 사람들은—아, 세상에! 모두 병들었어요. 게다가 너무 빨리 죽어가서, 이 나라에서 내보낼 시간도 없었어요—믿을 수 없을 정도라니까요!' '흠. 그렇군.' 아저씨 쪽이 웅얼거렸지. '아! 우리 조카야, 이걸 믿으렴—이걸 믿어.' 나는 그가 지느러미같이 짧은 팔을 뻗어 숲, 개울, 진흙, 강을 가리키며 손짓하는 것을 보았어—햇빛으로 밝아진 땅 얼굴 앞에서, 굴욕적인 과장된 몸짓으로, 도사리고 있는 죽음을 향해, 숨겨진 악을 향해, 그 핵심에 있는 심오한 암흑을 향해, 기만적인 호소를 손짓하는 것 같았지. 그것에 너무나 놀라, 나는 벌떡 일어나서, 숲의 가장자리를 향해 뒤돌아 봤어, 마치 저 어두운 자신감의 표현에 대해 어떤 대답을 기대하기라도 한 양. 알다시피, 때로 사람은 그런 멍청한 생각을 하잖아. 고요함은 그 불길한 인내심을 갖고 이 두 인물과 마주하면서, 기상천외한 침입이 지나가기를 기다리고 있었어.

 "그들은 함께 큰 소리로 욕했어—순전히 무서워서였다고 생각하네—그리고 나서 내 존재를 전혀 모르는 체하며, 사무소 쪽으로 뒤돌아 갔네. 해는 낮게 떠 있었네. 그들이 나란히 앞으로 기울여서, 서로 길이가 다른 두 개의 우스꽝스러운 그림자를 언덕 위로 힘겹게 끌고 가는 것처럼 보이더군. 그들 뒤로는 그림자가 키 큰 수풀 위로 풀잎 하나 구부리지 않고 늘어져 있었어.

"며칠 지나자 엘도라도 원정대가 참을성 많은 야생으로 들어갔고, 그것은 물에 뛰어든 사람을 바다가 덮듯 그들을 삼켰어. 오랜 시간이 지난 후 당나귀들이 죽었다는 소식이 오더군. 그보다 가치 없는 짐승들의 운명에 대해서는 모르네. 그들은 틀림없이, 나머지 우리처럼, 그들이 받아야 할 운명을 만났을 거야. 나는 알아보지 않았네. 당시엔 커츠를 아주 곧 만날 기대에 꽤 흥분해 있었거든. 내가 아주 곧, 이라고 한 건 상대적인 의미야. 우리는 그곳을 떠난 날로부터 꼭 두 달이 지나서야 커츠의 사무소 아래 기슭에 다다랐네.

"그 강을 거슬러 올라가는 일은 세계의 가장 시초로 돌아가는 여행을 하는 것 같았어. 식물들이 땅 위를 가득 채우고 큰 나무들이 왕이던 시절로 말이야. 빈 개울, 거대한 정적, 침투할 수 없는 숲. 공기는 따뜻하고 걸쭉하고, 무겁고 활기가 없었어. 햇빛의 찬란함에서 즐거움을 찾을 수 없었지. 긴 물길이 그늘에 가린 먼 곳으로 홀로 흘러갔어. 은빛 모래사장에는 하마와 악어들이 나란히 해바라기를 했어. 폭이 넓어지는 곳에서 강물은 숲이 우거진 한 무더기의 섬들 사이를 흘러갔지. 그 강에서는 마치 사막에서 그러듯 길을 잃고는 자신이 홀려서 한때—어디선가—멀리서—아마도 다른 존재였을 때 알았던 모든 것한테서 영원히 떨어져 나온 것이 아닐까 생각될 때까지 수로를 찾으려고 여울목에서 온종일 기다려야 했어. 때로는, 자신에게 쓸 시간적 여유가 한순간도 없을 때 그러듯이 과거가 다시 찾아오고는 했지. 하지만 과거는 이 식물들과 물과 정적의 이상한 세상의 압도적인 현실에서 놀라움과 함께 기억되는, 쉴 수 없는 꿈의 형태로 찾아왔어. 그리고 그 생명의 정적은 평화를 조금도 닮지 않은 것이었어. 그것은 무자비한 힘이 불가사의한 의도를 곰곰이 생각하는 고요였어. 그것은 복수심에 불타는 표정으로 사람들을 쳐다보고는 했어. 나는 시간이 지나면서 그것에 익숙해지더군. 더는 그것이 보이지 않았어. 시간이 없었거든. 계속 수로가 어디일지 추측해야 했어, 숨겨진 모래톱의 징후를, 주로 감으로만 판단해야 했어, 물속에 가라앉은 돌을 찾았어. 그 싸구려 증기선을 찢어발겨서 순례자들을 모두 수장시킬 뻔한, 지독하게 교활하고 뾰족한 그루터기를 운 좋게 간발의 차로 스쳐지났을 때는 심장이 튀어나오는 것을 참으려 이를 세게 악무는 법을 배웠지. 밤에 장작을 패서 다음날 연료로 쓸 죽은 나무도 계속 찾아봐야 했어. 이런 일들, 이렇게 단순한 표면적인 일들을 돌봐야 할 때, 현실은—내가 말하건대 현실은—희미해져 가. 내부의 진실은 숨겨져 있지—다행히도, 다행히도. 하지만 그럼에도 나는 그것을 느꼈지. 그것의 신비로운 정적이 내 원숭이 재주넘기를 지켜보는 것을 종종 느꼈어. 마치 그것이 자네들 각자가 높은 줄 위에서 재주넘기를 하는 것을 지켜보듯이 말이야—그 얼마지? 한 번 넘는 데 반 크라운[26]—"

"예의를 지켜, 말로" 누군가의 목소리가 불평해서, 나 말고도 최소한 한 명의 청중은 깨어있다는 것을 알았다.

"미안하네. 그 가격의 나머지를 구성하는 가슴앓이를 잊고 있었어. 그리고 사실 재주를 제대로 부린다면 가격이 무슨 의미인가? 자네들은 재주를 아주 잘 넘지. 그리고 나도 그리 못하지 않았던 것이, 첫 항해에서 배를 가라앉히지 않았거든. 난 아직도 그것이 놀라워. 눈가리개를 한 채 상태가 나쁜 길에서 마차를 운전하는 사람을 상상해 봐. 나는 그 일 때문에 진땀깨나 흘리고 많이 떨었지. 결국, 뱃사람으로서는, 자기가 물에 항상 떠 있도록 해야 할 것이 바닥이 긁혀 구멍이 나게 한다는 것은 용서받을 수 없는 죄거든. 아무도 모를지 몰라도, 자기 자신은 그 쿵 하는 순간을 잊지 못해—알았어? 심장에 직격타지. 기억에 남고, 꿈에 나오고—몇 년 후에도—밤에 잠에서 깬 몸이 덥다 춥다 하는 거야. 그 증기선이 늘 떠 있었다는 것은 아냐. 식인종 스무 명이 물을 첨벙거리며 잠시 밀어야 했던 적이 한두 번은 넘지. 우리는 가는 도중에 이 친구들을 선원으로 고용했어. 썩 괜찮은 친구들—식인종

---

26 당시 영국의 화폐 단위. 반 크라운은 8분의 1 파운드.

들—이 자기 자리에 있었지. 같이 일할 만한 사내들이었고, 나는 그들에게 감사하네. 그리고 결국, 내 앞에서 서로 잡아먹는 일은 없었네. 그들은 하마 고기를 가지고 왔는데, 가는 길에 썩어서, 야생의 신비가 콧구멍 속에 악취를 가득 풍겼다네. 어휴! 지금도 그 냄새가 생생해. 그 배에는 감독과 막대기를 든 순례자 서너 명이 탔지—완벽했네. 때로는 강기슭에서, 미지의 끝자락에 매달린 사무소와 마주치기도 했는데, 백인들이 무너져 내리는 오두막에서 큰 기쁨과 놀라움과 환영의 몸짓으로 뛰어 나오는 것이 기이해 보였어—마치 마법의 주문에 걸려 그곳에 붙잡혀 있는 것 같았어. '상아'라는 말이 한동안 공기 중에 울렸어—그리고 선미 외륜(船尾 外輪)의 묵직한 두드림이 공허한 파열음으로 울려 퍼지는 가운데, 텅 빈 직선 유역을 따라, 움직이지 않는 굴곡을 돌아, 구불구불한 길의 높은 벽 사이를 지나, 침묵 속으로 우리는 계속해서 다시 길을 떠나고는 했어. 나무들, 나무들, 수백만 그루의 나무들이 단단하고 거대하고 높이 솟았지. 그 발치에는 물살을 거스르느라 기슭에 바짝 붙은 좀 지저분한 증기선이, 천장이 높은 주랑 현관 바닥을 느릿느릿 기어가는 딱정벌레처럼, 기어갔지. 자신이 아주 작고, 길을 완전히 잃은 느낌이 들었지만, 그렇다고 아주 우울한 기분은 아니었어. 결국, 자신이 작다고 해도, 때 묻은 딱정벌레는 계속 기었어—그것이 바로 원하는 바였으니까. 순례자들은 그것이 어느 쪽으로 기어간다고 생각했는지 모르겠어. 어딘가 자신들이 원하는 것을 얻을 곳이었겠지—장담하네! 나에게는 오로지—커츠에게 기어가는 것이었지. 하지만 스팀 파이프가 새기 시작하면서는 아주 천천히 기어갔네. 직선 유역이 우리 앞에 열렸다가 우리 뒤에서 닫혔지, 마치 숲이 물을 가로질러 천천히 걸어와 우리가 돌아가는 것을 막으려는 듯했어. 우리는 암흑의 핵심으로 점점 더 깊이 침투했지. 그곳은 아주 조용했어. 밤에는 때때로 나무의 장막 뒤에서 북소리가 강을 거슬러 올라갔다가, 우리 머리 위 높은 곳에서 맴돌듯 동이 틀 때까지 희미하게 머물고는 했어. 그것이 의미하는 것이 전쟁인지 평화인지 또는 기도였는지는 우리는 알 수 없었지. 서늘한 정적이 내리면서 여명을 몰고 왔어. 나무꾼들은 잠들어 있었고, 그들이 피운 불은 낮게 타고 있었는데, 잔가지가 타면서 부러지는 소리에도 화들짝 놀랐지. 우리는 선사시대 어느 땅의 떠돌이들이었는데, 그 땅은 미지의 행성 같은 모습이었어. 우리는 저주받은 유산을 차지했다가 깊은 고통과 과도한 노고에 굴복한 최초의 인간들이라고 생각할 수도 있었을 거야. 하지만 갑자기, 우리가 어느 굴곡을 힘겹게 돌면 무겁고 움직이지 않는 잎사귀가 늘어진 아래에 골풀 담장, 뾰족한 풀 지붕, 갑작스러운 고함, 휘둘러대는 검은 팔다리, 손뼉을 치는 수많은 손들, 쿵쿵대는 발들, 흔들리는 몸들, 눈알을 굴리는 모습이 언뜻 보이고는 했지. 증기선은 그 이해할 수 없는 검은 광기의 가장자리를 따라 천천히 지나갔어. 선사시대의 인간이 우리를 저주하는지, 우리를 위해 기도하는지, 우리를 환영하는지—누가 알겠어? 우리는 우리 주위 환경을 전혀 이해하지 못한 채 궁금해하면서, 그리고 정신병원의 격렬한 소동을 본 정신 멀쩡한 사람들이 그러듯이, 내심 섬뜩해 하면서 유령들처럼 그곳을 미끄러져 지나갔어. 우리는 너무 멀리 있기 때문에 이해할 수 없었고 흔적을 거의 남기지 않는—기억은 전혀 남기지 않는—지나간 시대의 밤을, 태초의 밤을 여행하기 때문에 기억할 수 없었지.

"땅은 이 세상 것으로 보이지 않았어. 우리는 정복당해 사슬에 묶인 괴물을 보는 데 익숙해 있었어, 그러나 그곳에서는—그곳에서는—자유로운 괴물 그대로의 모습을 볼 수 있었어. 이 세상 것이 아니었어, 그 사람들은—아니, 비인간적이었던 것이 아니야. 그래, 그것이 가장 힘들었지—그들이 비인간적이지 않다는 생각 말이야. 그런 생각은 천천히 자리를 잡아갔어. 그들은 소리 지르고 펄쩍 뛰어오르고 빙글빙글 돌고 끔찍한 표정을 지었지, 하지만 우리를 전율하게 한 것은 그들이 인간이라는 생각—자네들처럼—이 야생의 강렬한 소란이 우리 자신과 먼 혈연관계라는 생각이었어. 끔찍하지. 그래, 정말 끔찍했지. 하지만 정말 사내다운 사내라면, 자기 안에서 그 소란의 무서운 솔직함에 아주 흐릿한 흔적이나마 반응이, 자신이 이해할 수 있는 의미가 그 안에 있다는 희미한 의심이—태초의 시대의 밤으로부터 그렇게나 멀리 떨어졌지만—있었다고 스스로 인정할 거야. 왜 아니겠어? 인간의 마음은 무엇이든 할 수 있어—그 안에 모든 과거는 물론 모든 미래가 다 들어 있기 때문이야. 결국, 무엇이 있을까? 기쁨, 두려움, 슬픔, 헌신, 용기, 분노—누가 알겠어?—하지만 진실—시간의 망토가 벗겨진 진실이 있어. 아둔한 자는 입을 벌리고 떨라고 해—사내라면 알고 있고 눈 하나 꿈쩍하지 않고 지켜볼 수 있어. 그러나 그도 적어도 해안의 그들만큼 사내여야 해. 그는 그 진실을 자신의 진실—자신의 타고난 힘을 가지고 대면해야 해. 원칙? 원칙만으로는 안 돼. 취득물, 옷, 예쁜 누더기들—한 번 힘껏 흔들면 바로 날아갈 누더기야. 아니야. 숙고하는 믿음이 필요해. 나에게 호소하는 것이 그 잔인한 소동에서—있었나? 그래 그랬지. 나는 듣고, 인정해. 하지만 나도 목소리가 있어, 선이든 악이든 내 목소리는 침묵할 수 없는 말이야. 물론, 순전한 공포나 섬세한 감성 때문에 멍청이는 항상 안전해. 거기 구시렁대는 건 누구지? 내가 소리 지르고 춤추러 기슭으로 안 올라갔는지 궁금한 건가? 음, 아니—안 갔어. 섬세한 감성이라고? 섬세한 감성 따위 개나 주라지! 나는 시간이 없었어. 나는 백연과 가늘고 길게 찢은 모직 담요로, 그 새는 스팀 파이프를 감느라 엉망이었다고. 조타를 살피고 그루터기들을 우회하고 그 싸구려 배를 수단 방법 가리지 않고 나아가게 해야 했어. 더 현명한 사람을 구하는 데 충분한 표면적 진실이 그런 것에 있었어. 그리고 그러는 사이사이 화부 노릇을 하는 야만인을 돌봐야 했어. 그는 교화된 인간의 표본이었지, 수직형 보일러에 불을 땔 수 있었거든. 그는 나보다 아래쪽에 있었는데, 정말이지, 그를 보는 것은 우스꽝스러운 짧은 바지를 입고 깃털 달린 모자를 쓰고 뒷발로 걷는 개를 보는 것만큼 교훈적이었어. 그 아주 멋진 친구에게는 몇 달 훈련으로 충분하더군. 그는 눈을 가늘게 뜨고 증기 계기와 급수 계기를 애써 대담하게 읽고는 했어─그리고 그놈은 이빨도 줄로 갈아놨어, 불쌍한 녀석, 정수리의 머리카락은 기묘한 무늬로 밀었고, 두 뺨에 각각 장식용 흉터가 세 개씩 새겨져 있었지. 그도 강기슭에서 손뼉을 치며 발을 구르고 있어야 하는데 그 대신 이상한 마법에 속박돼 열심히 일하며, 지식을 쌓고 있었어. 그는 교육을 받았기 때문에 쓸모가 있었네. 그가 알고 있는 것은 이것이었지─저 투명한 것 안의 물이 사라지면 보일러 안의 악귀가 목이 말라 화가 나서 무시무시한 복수를 하리라는 것이었어. 그래서 그는 땀을 흘리고 불을 때고 두려움에 차서 유리를 지켜보았고 (누더기로 즉석에서 만든 부적을 팔에 두르고 휴대용 시계만 한 크기의 윤이 나는 뼈를 아랫입술에 가로로 끼운 채 말이야) 그러는 동안 숲이 우거진 기슭들은 우리 곁을 천천히 흘러 지나갔어. 기슭의 소음은 뒤에 남겨졌고, 끊임없는 정적의 여러 마일도─우리는 커츠를 향해 계속 기어갔어. 하지만 굵은 그루터기들이 있었고, 물은 겉보기와 달리 얕았고, 보일러는 정말로 심술 난 악귀가 들어 있는 것 같아서, 그 화부도 나도 우리의 소름 끼치는 생각을 들여다볼 시간이 전혀 없었어.

"내륙 사무소 아래 50마일가량 떨어진 곳에서 우리는 갈대로 지은 오두막 한 채와 삐뚜름하게 기울어진 울적한 깃대에 한때 펄럭이던 깃발이었으나 알아볼 수 없게 해진 누더기, 그리고 근처에는 반듯하게 쌓인 장작더미를 발견했어. 뜻밖이었지. 우리는 기슭으로 다가가 장작더미 위에서 연필 글씨가 희미하게 쓰인 납작한 판자 조각을 찾았지. 해독해 보니 '당신을 위한 장작임. 서두를 것. 조심해서 접근할 것'이라고 쓰여 있었어. 서명돼 있었지만 알아볼 수 없었어―커츠는 아니고―그보다 훨씬 긴 이름이었어. '서두를 것!' 어디로? 강 상류로? '조심해서 접근할 것.' 우리는 그러지 않았었지. 하지만 그 경고는 접근해야만 찾을 수 있는 그 장소를 의미하는 것이 아니었어. 위쪽에 뭔가 잘못된 거야. 하지만 무엇이―그리고 얼마나? 그것이 문제였어. 우리는 그 전보문 같은 문체의 어리석음을 악평했지. 주변의 덤불은 아무 말이 없었고 멀리 보지도 못하게 시야를 가렸어. 붉은 능직 커튼이 찢긴 채 오두막 현관에 매달려서 우리 얼굴에 애처롭게 펄럭였어. 가재도구가 다 치워진 집이었지만, 우리는 얼마 전까지 그곳에 백인이 살았다는 것을 알 수 있었지. 조악한 탁자―기둥 두 개에 널빤지 하나―가 있었어. 어두운 구석에 버려진 쓰레기 더미, 그리고 문가에서 나는 책한 권을 주웠어. 앞표지는 떨어져 나가 있었고, 종이는 극도로 지저분하고 너덜너덜해질 만큼 손때가 묻어 있었지. 하지만 뒤표지는 흰 무명실로 정성스럽게 새로 기워져 있어서 아직 깨끗해 보였지. 놀라운 발견이었어. 제목은 《선박항해술에 대한 몇 가지 연구》였고 저자는 타우저(Towser)인지, 타우슨(Towson)인지—그런 이름에—영국 해군의 항해 사관이었어. 해설을 위한 도형과 보기 싫은 수표들만으로도 읽기에 아주 따분해 보였고, 60년 된 책이었어. 나는 이 놀라운 골동품이 내 손 안에서 부서질세라 가능한 세심하게 다뤘지. 책 안을 보니, 타우슨인지 타우저인지가 선박의 닻줄과 고패의 힘의 한계 같은 여러 문제를 진지하게 연구한 내용이었어. 그리 흥미로운 책은 아니었지. 하지만 한눈에 보기에도 일편단심의 의도, 일에 대해 정직한 관심을 알 수 있어서, 그렇게나 많은 세월이 흘렀지만, 그 초라한 책장들은 전문적인 빛 외에 다른 것으로도 빛났지. 그 소박한 늙은 선원의 닻줄과 도르래에 대한 이야기를 읽다 보니 나는 의심의 여지 없이 실재하는 무엇인가를 찾아낸 것 같은 유쾌한 감각 속에 밀림과 순례자들에 대해 잊을 수 있었어. 그런 책이 그곳에 있다는 사실만으로도 놀라웠지. 하지만 더 놀라운 것은 여백에 연필로 쓴, 분명히 책의 내용과 관련된 것으로 보이는 메모들이었어. 나는 두 눈을 믿을 수 없더군! 암호로 쓰여 있었던 거야! 그래, 암호로 보였지. 누군가 그런 책을 그런 오지로까지 끌고 들어와 그것을 공부하고—메모까지 했다고—상상해 봐, 그것도 암호로! 엄청난 불가사의였지.

"귀에 거슬리는 소리가 얼마 전부터 어렴풋이 들리고 있었는데, 눈을 들어 보니 장작더미는 사라졌고, 강가에서 순례자들 모두의 도움을 받아 감독이 나를 향해 소리 지르고 있는 것이 보이더군. 나는 책을 주머니에 넣었어. 책 읽기를 그만두는 것은 정말이지, 오래되고 끈끈한 우정의 안식처에서 자신을 떼어놓는 것과 같았어.

"나는 부실한 엔진에 시동을 걸었네. '분명 그 한심한 교역꾼—그 침입자일 거야'라고 감독이 우리가 떠나온 곳을 돌아보며 악의에 차서 외쳤어. '그는 영국인일 거예요.' 내가 말했어. '그렇다고 해서 조심하지 않을 경우 곤경에 빠지는 건 막을 수 없어.' 감독이 음험하게 중얼거렸지. 나는 짐짓 모르는 체하며 이 세상에 어떤 사람도 곤경에서 안전하지 않다고 말했지.

"그새 물살은 더 빨라진 상황이었고 증기선은 마지막 숨을 몰아쉬는 것 같았으며, 선미 외륜은 느릿하게 퍼덕거렸고, 나는 어느새 외륜 물갈퀴 판의 다음 치는 소리를 학수고대하는 자신을 발견하고는 했지. 냉정하게 진실을 말하자면 나는 그 한심한 물건이 언제든 멈출 수 있다고 예상했으니까. 마치 생명의 마지막 불씨가 깜빡이는 것을 보는 듯했지. 하지만 그래도 우리는 계속 기어갔어. 때때로 나는 조금 앞에 떨어진 나무 하나를 골라 커츠에게 얼마나 가까워졌는지 재 보려 했지만, 나란히 다가가기 전에 늘 놓치고는 했어. 한 물체를 그렇게 오래 쳐다본다는 건 인간 인내력의 한계를 넘어서는 일이더라고. 감독은 우아하게 체념하는 모습을 보여주더군. 나는 초조해 하고 씩씩댔고 커츠와 내놓고 이야기를 나

놓지 말지 혼자 갈등하는 버릇이 생겼지. 하지만 어떤 결론에도 도달하기 전에 내 이야기나 내 침묵, 그리고 실제로 내 어떤 행동도 소용없는 일에 불과하리라는 것을 깨달았어. 어느 누가 알고 있거나 무시하는 것이 무엇이든 과연 중요할까? 누가 감독인지가 과연 중요할까? 가끔은 그런 깨달음의 순간이 오지. 이 사건의 정수는 표면 아래 깊은 곳, 내가 접근하거나 참견할 수 없는 곳에 있었지.

"둘째 날 저녁이 가까워져 올 무렵 우리는 커츠의 사무소로부터 약 8마일 떨어진 곳에 있다고 판단했어. 나는 계속 가기를 원했지. 하지만 감독은 심각한 표정을 지으며, 저 위에서는 조타가 워낙 위험한 데다가 해가 이미 많이 저문 상황이니, 우리가 있는 자리에서 아침까지 기다리는 편이 낫다고 말했어. 더욱이 조심해서 접근하라는 경고를 따르자면—저물녘이나 어두울 때가 아닌, 낮에 접근해야 한다고 그는 지적했지. 상당히 일리가 있더군. 8마일이면 세 시간은 더 가야 하는 거리였고, 나는 직선 유역 상류 쪽에 수상한 잔물결이 이는 것도 보았거든. 그럼에도 불구하고, 지연에 나는 표현할 수 없을 만큼 속이 상했고, 아주 비이성적이었어, 그렇게 여러 달이 지난 후에 하룻밤이 그리 큰 의미가 더 있을 리 없었으니까. 장작이 충분했고 조심해야 했기에, 나는 강 한가운데에 배를 멈췄어. 유역은 좁고 곧았고, 양쪽 기슭은 철도를 내기 위해 만든 것처럼 지대가 높았어. 해가 지기 한참 전에 어둠이 내렸지. 물살은 부드럽고 빨랐지만, 기슭에는 소리도 움직임도 없었어.

살아있는 나무들은 덩굴과 관목의 살아있는 모든 덤불과 한 데 묶여, 심지어 가장 가는 잔가지, 가장 가벼운 잎사귀까지 돌로 변한 것 같았어. 잠든 것은 아니었어—몽환 상태와 같이 부자연스러운 느낌이었거든. 어떤 종류의 아주 희미한 소리조차 들리지 않았어. 놀란 채로 바라보다가 자기가 귀가 먹은 것은 아닌가 의심하게 됐고—곧 밤이 갑자기 찾아와 눈마저 멀게 했지. 새벽 세시쯤 큰 물고기 한 마리가 펄쩍 뛰어올랐다가 풍덩 물에 빠지는 소리에 나는 총이라도 발사된 것처럼 화들짝 놀랐어. 해가 떠올랐을 때는 아주 따뜻하고 축축한 흰 안개가 꼈는데, 밤보다도 더 눈을 멀게 하더군. 움직이거나 몰려다니지 않고, 마치 고체처럼 그냥 주위에 그렇게 머물러 있었어. 아마도 여덟 시나 아홉 시쯤, 덧창이 열리듯 안개가 걷혔지. 우리는 높이 솟은 수많은 나무들, 뒤엉킨 밀림, 그리고 그 위에 뜬 불타는 작은 공—완전히 완벽하게 정지한—태양을 얼핏 볼 수 있었고, 곧 흰 덧창이 기름칠한 홈을 미끄러지듯 매끄럽게 다시 내려왔어. 나는 당겨서 끌어들이기 시작한 닻줄을 다시 풀어내라고 지시했어. 둔한 덜거덕 소리와 함께 그 움직임이 그치기도 전에 비명이, 아주 큰 소리의 비명이, 한없이 황폐하게, 뿌연 하늘로 천천히 솟구치더군. 그리고 그쳤지. 그리고는 불만을 터뜨리는 아우성이, 야만의 불협화음을 타고 우리 귀를 채웠어. 나는 그 갑작스러움에 모자를 쓴 머리카락이 쭈뼛 설 정도더군. 다른 사람들은 어땠는지 모르겠지만, 나는 이 거칠고 애처로운 소음이 너무나 갑자기 사방에서 한꺼번에 들려와 안개 자체가 소리를 지른 것 같았어. 거의 참을 수 없을 정도로 과도하게 새된 소리의 다급한 분출로 정점을 이루더니 갑자기 그쳐서, 우리는 여러 가지 멍청한 자세로 뻣뻣하게 굳은 채 거의 그만큼이나 섬뜩하고 과도한 정적을 완강하게 듣게 됐어. '세상에나! 대체 무슨 의미지—' 순례자 한 명—금발에 붉은 수염을 기르고 사이드 스프링 부츠를 신고 분홍색 통 넓은 바지 밑단을 양말에 쑤셔 넣은 차림의 약간 뚱뚱한 사람—이 내 팔꿈치 부근에서 더듬거리더군. 다른 두 명은 일 분 동안 줄곧 입을 벌리고 있더니, 작은 선실로 뛰어들어갔다가 즉각 다시 달려 나와 손에 윈스터 총을 들고 '사격 자세'를 취한 채 두려움에 찬 눈길을 던지며 서 있었어. 우리가 볼 수 있는 것은 우리가 탄 증기선, 마치 녹아내리는 듯이 윤곽이 흐려진 배와 그 주위에 2피트 정도 폭의 안개 낀 물뿐이었지. 그 밖의 세상 모든 것은 우리 눈과 귀로 느끼기에는 없었어. 그냥 없었던 거야. 가버리고, 사라진 거야. 어떤 속삭임이나 그림자도 남기지 않고 휩쓸려 버린 거지.

"나는 앞으로 나아가서, 필요하면 즉시 닻을 올리고 증기선이 움직일 수 있도록 닻줄을 짧게 끌어들이라고 지시했어. '저들이 공격할까요?' 두려움을 담은 목소리가 속삭였어. '이 안갯속에서 우리 모두 죽임을 당할 거예요.' 다른 한 명이 중얼거렸지. 얼굴들은 긴장으로 꿈틀댔고, 손들은 살짝 떨렸고, 눈들은 깜빡임을 잊었어. 우리 선원 중 백인들과 흑인들 표정의 대비를 보는 것이 매우 흥미롭더군. 흑인들은 겨우 800마일 떨어진 지역 출신이었지만 강의 이쪽 지역에서는 우리만큼 이방인이었어. 백인들은 물론 많이 흐트러져 있었고, 그렇게 난폭한 소동에 고통스러울 만큼 충격을 받은 기이한 표정이었지. 흑인들은 경계하며 자연스럽게 관심 있어 하는 표정이었지만, 얼굴은 본래 침착해서, 사슬을 끌어당기며 이빨을 드러내고 웃은 한두 명의 얼굴까지도 그랬어. 몇몇은 불만을 터뜨리는 것 같은 말을 몇 마디 짧게 주고받았는데 그것으로 사태가 자신들에게 만족스럽게 정리된 것 같았어. 그들의 우두머리는 가슴팍이 넓은 흑인 젊은이로, 짙은 청색에 술이 달린 옷감을 간소하게 두르고, 험상궂은 콧구멍에 머리는 작고 기름진 고리들로 예술적으로 말아 올린 채 내 가까이에 서 있었어. '아하!' 내가 단순히 동료의식을 나타내며 말했어. '잡아요.' 그가 충혈된 눈을 크게 뜨고 날카로운 이빨을 빛내며 말했어—'잡아요. 우리 줘요.' '너희에게 주라고?' 내가 물었어. '뭐할 건데?' '먹을 거요!' 그가 무뚝뚝하게 대답하더니, 팔꿈치를 레일에 기대고 안갯속을 위엄 있고 아주 사색적인 태도로 바라봤어. 나는 그와 그의 친구들이 배가 고팠을 것이라는, 최소한 지난 한 달간 점점 더 배가 고파졌을 것이라는 생각이 들지 않았다면, 무척 무서웠을 거야. 그들은 6개월째 일하고 있었고, (우리가 수많은 세월 후에 그렇듯, 시간에 대해 확실한 개념이 있었던 사람은 그들 중 한 명도 없었던 것 같아. 그들은 아직 태초의 시간에 머물러 있었어―그들에게 가르침을 줄 경험을 물려받지 못했지) 물론, 강 아래쪽에서 만들어진 터무니없는 법 중 어떤 것에 맞는 서류가 있는 한, 누구도 그들이 어떻게 살지 신경 쓰지 않았어. 그들은 썩은 하마 고기를 가지고 배에 탔는데, 요란한 소란 중에 상당량을 순례자들이 강물에 던져버리지 않았더라도, 어차피 오래가지 못할 거였어. 고압적인 행동으로 보였지만 사실은 합법적 정당방위였어. 죽은 하마 냄새를 깰 때나, 잘 때나, 식사 때 내내 맡으면서 동시에 자기 존재를 위태롭게 계속 잡고 있을 수는 없거든. 게다가, 그들은 매주마다 각각 9인치 길이의 놋쇠 철사 세 조각을 받았는데, 그 화폐로 강가 마을들에서 필요한 물품을 산다는 생각이었어. '그게' 어떻게 됐는지는 뻔하지 않나. 마을이 하나도 없든지, 있어도 주민들이 적대적이든지, 다른 모두처럼 관리자가 통조림 음식을 먹으며 때때로 숫염소 고기를 곁들이면서 어떤 난해한 이유로든 증기선을 멈추려고 하지 않았지. 그러니, 그 철사 자체를 삼키거나 그걸로 물고기를 잡을 올가미를 만들지 않는 한, 그 비싼 임금이 그들에게 무슨 소용일지 알 수 없더군. 분명 임금은 고귀한 대형 무역 회사에 걸맞게 규칙적으로 지급됐어. 내가 본 그 외의 먹거리―비록 조금도 먹을 만해 보이지 않았지만―는 반쯤 익힌 반죽 비슷한 탁한 연보라색 덩어리들이었는데, 그것을 나뭇잎에 싸뒀다가 이따금 한 조각 먹고는 했지만, 워낙 작은 조각이라 생명유지라는 진지한 목적보다는 그냥 형식상 하는 행동으로 보였지. 그 악마 같은 굶주림에도 불구하고 왜 우리를 잡아서—그들은 서른 명이고 우리는 다섯 명이었는데—성대한 만찬을 벌이지 않았는지 지금 생각해보면 놀라워. 그들은 결과를 생각할 능력은 별로 없으면서, 용기와 힘은 갖춘 덩치 크고 건장한 사내들이었거든, 비록 살갗에 윤기가 더는 흐르지 않고 근육도 더는 단단하지 않았지마는. 그리고 나는 무엇인가 자제하는 힘, 개연성을 거스르는 인간의 비밀 중 하나가, 거기서 작동하고 있음을 보았어. 나는 흥미가 빠르게 더해져서 그들을 다시 보았어—내가 오래지 않아 잡아먹힐 수 있기 때문은 아니었어. 비록 내가 그 순간에야—새로운 시각에서—순례자들이 얼마나 불건전해 보이는지 알아챘고 내 모습이—뭐랄까—그렇게—구미가 떨어지는 것은 아니기를 진정으로 바랐다고 말해두기는 해야겠지만 말이야. 그것은 당시 내 모든 나날에 스며들어 있던 꿈같은 감각에 걸맞은 환상적인 허영이기도 했어. 약간 열이 있었는지도 몰라. 누구도 계속 손가락으로 끝없이 맥박을 재면서 살 수는 없지. 나는 '약간 열'이 나거나, 다른 것들의 사소한 징후들—야생의 장난스러운 발톱에 맞은 흔적, 시간이 지나면 당연히 올, 훨씬 더 심각한 맹공격 전의 처음의 사소함—이 조금 나타나기도 했어. 그래, 나는 다른 어떤 인간에게도 그러듯, 냉혹한 신체적 필요성을 시험할 때, 충동, 동기, 능력, 약점에 대한 호기심을 가지고 그들을 봤어. 자제력이라! 어떤 자제력일까? 미신이나 역겨움, 인내나 공포—또는 일종의 원시적 명예였을까? 어떤 공포도 배고픔과 대적할 수 없고, 어떤 인내도 배고픔을 달랠 수 없고, 역겨움은 배고픔이 있을 때는 존재하지도 않아. 미신, 믿음, 또는 자네들이 원칙이라고 부를지도 모를 것들은 바람 앞의 티끌만도 못하네. 계속되는 악마적인 굶주림, 그 분통 터지는 고문, 그 어두운 생각들, 그 음침하고 조용한 잔인성을 알지 못하나? 저런, 나는 아네. 배고픔과 제대로 싸우려면 타고난 힘을 모두 써야 하네. 사별, 불명예, 자기 영혼의 파멸을 대하는 것이—이렇게 오랜 배고픔과 싸우기보다 훨씬 쉽네. 슬프지만, 사실이야. 그리고 이 친구들도 일말의 양심의 가책을 느낄 어떤 속세의 이유도 없었어. 자제력이라! 나는 오히려 전쟁터의 시체들 사이로 어슬렁거리는 하이에나에게서 자제력을 기대했을 거야. 하지만 그곳에는 진실이 나를 마주하고 있었네—마치 바다 깊은 곳의 거품같이, 이해할 수 없는 수수께끼가—생각해 보면—눈을 가린 안개의 흰색 뒤 강기슭에서 우리에게 휩쓸려온 이 야만의 소동 속에서 절절한 슬픔에 대해 흥미로우며 설명할 수 없는 음조보다도 더 큰 신비 위에 잔물결같이 눈이 부신 진실이.

　"순례자 두 명이 이느 기슭인지 다급하게 속삭이며 다투고 있었어. '왼쪽이야.' '아니야, 아니야, 그럴 리 없어. 오른쪽, 당연히 오른쪽이지.' '매우 심각하네.' 내 뒤에서 감독의 목소리가 들렸어. '우리가 가기 전에 커츠 씨에게 무슨 일이 생기면 나는 비참

해질 거야.' 나는 그를 쳐다보고는 그가 진지하다는 데 추호의 의심도 들지 않았어. 그는 그저 체면을 유지하기를 원할 부류의 사내였어. 그것이 그의 자제력이었지. 하지만 당장 가자는 식의 말을 중얼거렸을 때는 나는 굳이 대답하려고도 하지 않았어. 나도 알고, 그도 알았던 것이, 불가능했거든. 그러면 우리는 바닥을 잡은 손을 놓고 완전히 공중에—우주에 뜨게 되는 거였어. 우리가 어디로 가는지—한쪽이나 다른 쪽 기슭에 닿기 전에는—개울을 거슬러 올라가는지 가로지르는지 모를 것이고—그러고 나서 처음에는 어느 쪽에 닿은 건지 모를 것이었거든. 당연히 나는 아무 행동도 취하지 않았어. 나는 배를 전복시킬 마음이 전혀 없었거든. 선박 침몰에 이곳보다 더 치명적인 곳은 없었어. 한 번에 물에 빠져 죽든 않든, 우리는 어떤 식으로든 빠르게 소멸할 것이 분명했지. '자네에게 모든 위험을 감수할 권한을 주네.' 그가 짧은 침묵 뒤에 말했어. '저는 어떤 권한도 받기를 거부합니다.' 내가 퉁명스럽게 말했네. 그것이 바로 기대했던 답변일 테지만, 그 어조는 그를 놀라게 했을 수도 있어. '그래, 자네 판단을 따라야겠지. 자네가 선장이니.' 그가 눈에 띄게 예의가 바르게 말했어. 나는 그에게 고마움의 표시로 어깨를 돌리고 안갯속을 쳐다봤어. 얼마나 오래갈까? 정말 가망 없는 일이었어. 초라한 수풀에서 상아를 찾아 헤매는 커츠에게 다가가는 길이, 성대한 성에서 마법에 걸려 잠자는 공주에게 가는 것처럼 많은 위험으로 둘러싸여 있었어. '자네 생각에는 공격할 것 같은가?' 감독이 친근한 어조로 물었지.

"나는 몇 가지 분명한 이유로 그들이 공격하지 않으리라고 생각했어. 한 가지 이유는 짙은 안개였지. 그들이 카누를 타고 기슭을 떠난다면 우리가 움직이려고 할 경우와 마찬가지로 안갯속에서 길을 잃을 것이었지. 그리고 나는 양쪽 기슭의 밀림을 통과하기 힘들다고 판단했어―그곳에는 눈들이 있었어, 우리를 본 눈들이. 강가의 수풀은 물론 아주 빽빽했지만, 그 뒤의 관목은 분명히 지나갈 수 있었어. 하지만 잠깐 안개가 걷혔을 때 직선 유역에서 카누는 눈에 띄지 않았어―증기선과 나란한 곳에는 분명 한 대도 없었어. 그럼에도 공격은 상상조차 못할 일이라고 내가 생각하게 만든 것은, 그 소동―우리가 들은 비명―의 본질이었어. 그 소리는 당장 적대적 의도의 전조가 되는 사나운 성격을 가진 것은 아니었어. 예상치 못한, 야생의, 폭력적인 것이었을지는 몰라도, 나에게는 더할 수 없이 서글픈 인상을 주는 거야. 증기선을 흘깃 보고선, 무슨 이유에선가 그 야만인들은 걷잡을 수 없는 슬픔에 빠진 거지. 위험이, 만약 조금이라도 있다면, 인간의 격정이 분출하는 곳 가까이 있기 때문이라고 나는 상술했어. 극심한 슬픔마저도 궁극적으로는 폭력으로 분출될 수 있으니까―하지만 더 흔하게는 무관심의 형태를 띠지…….

"그 순례자들이 뚫어져라 쳐다보는 것을 자네들이 봤어야 했는데! 그들은 이를 드러내고 웃거나 심지어 나를 욕할 마음마저도 없었지. 하지만 내가 미쳤다고 생각했을 거야—아마 두려움 때문에. 나는 그들에게 제대로 강의를 했어. 친애하는 친구들, 신경 써 봤자 소용없네, 하고 말이야. 망을 봤느냐고? 물론, 자네들도 추측할 수 있다시피 나는 고양이가 쥐를 지켜보듯 그 안개가 걷히기를 지켜봤지. 하지만 그 외의 모든 것에서 우리 눈은 수 마일의 목화 솜 더미 아래 묻혀 있는 것 마냥 도움이 안 됐어. 마치 그런 기분이기도 했어—숨 막히고, 덥고, 답답했지. 게다가 내가 한 말은, 터무니없게 들릴지 몰라도, 모두 절대적으로 사실이었어. 나중에 일어난, 우리가 공격이라고 불렀던 일은 사실 쫓으려는 시도였던 거야. 그 행동은 공격적인 것과는 거리가 멀었어—일반적인 의미에서 심지어 방어적인 것도 아니었어. 절박한 압박에서 행해졌고 본질적으로 순수하게 보호적인 것이었지.

"그 일은 안개가 걷힌 지 두 시간 후에 전개됐는데, 커츠의 사무소에서, 대략적으로 말해, 1.5 마일 정도 아래 지점에서 시작됐어. 강의 굴곡을 허둥대며 막 지났을 때, 나는 강 가운데에 밝은 녹색의 풀 덮인 작은 언덕에 불과한 작은 섬을 보았지. 그렇게 생긴 것은 하나뿐이었지. 하지만 직선 유역으로 더 나아갈수록 나는 그것이 긴 모래톱의 앞부분이거나, 아마도 강 가운데로 솟은 얕은 땅덩이 무리의 처음이라고 생각했어. 그것들은 변색하여, 물에 겨우 잠겨 있었고, 사람의 등뼈가 등 가운데 살갗 바로 아래로 보이는 것처럼 수면 바로 아래에 보였어. 일단 내가 보는 한에서는, 그것의 오른쪽이나 왼쪽으로 갈 수 있었어. 물론 나는 어느 쪽 길도 알지 못했지. 양쪽 기슭이 비슷해 보였고 수심도 같아 보였지. 하지만 나는 사무소가 서쪽에 있다고 들었던 터라 당연히 서쪽 길로 향했어.

"그 길로 제대로 들어서자마자 내가 추측한 것보다 훨씬 좁다는 것을 깨달았어. 왼쪽으로는 모래톱이 길게 이어져 있었고, 오른쪽으로는 높고 가파른 기슭 위로 관목이 아주 무성했지. 관목 위로는 나무들이 빽빽이 늘어서 있었어. 잔가지들이 물살 위로 무성하게 늘어져 있었고, 사이사이에 큰 가지가 단단하게 뻗어 나와 있었어. 그때는 오후 느지막한 시간이어서, 숲의 표면은 어둑했고, 물 위로는 이미 넓은 그림자가 져 있었지. 그 그림자 속에서 우리는 상류로 올라가기 시작했네—상상할 수 있다시피 아주 조금씩. 나는 육지 가까운 곳으로 배 방향을 돌렸어—측심봉을 보니 기슭 가까이가 가장 수심이 깊기에 말일세.

"배고픔을 잘 참는 친구 중 한 명이 내 바로 아래 뱃머리에서 수심을 재고 있었어. 이 증기선은 갑판이 있는 거룻배 같은 형태였지. 갑판에는 문과 창문이 달린 작은 티크 나무 선실이 두 채 있었고. 보일러는 뱃머리에, 기계 장비들은 고물에 있었지. 지지대로 받친 가벼운 지붕이 배 전체를 덮고 있었어. 굴뚝이 그 지붕 사이를 뚫고 나왔고, 그 굴뚝 앞에 가벼운 널빤지로 지어진 작은 선실이 조타실 역할을 했어. 그 안에는 침상 하나, 접의자 두 개, 한쪽 구석에 기대진 장전된 마티니 헨리 총 한 자루, 아주 작은 탁자 하나, 그리고 조타륜이 있었지. 앞에는 큰 문이, 양쪽에는 넓은 덧창이 있었어. 이 모든 것들이 물론 항상 활짝 열려 있었지. 나는 그 지붕의 앞쪽 끝, 그 문 앞에 앉아서 시간을 보냈어. 밤에는 침상에서 자거나, 자려고 노력했지. 내 불쌍한 선임자로부터 교육받은 어느 해안 부족 출신의 건장한 흑인이 키잡이였어. 그는 놋쇠 귀걸이를 양쪽 귀에 하고, 허리에서 발목까지 덮는 파란색 천을 둘렀는데, 자기가 세상에서 가장 잘났다고 생각하더군. 내가 본 가장 불안정한 멍청이였어. 내가 옆에 있으면 끝없이 뻐기면서 조타를 했지만, 내가 시야에서 사라지기만 하면 바로 절망적인 두려움의 먹잇감이 돼서 그 깡통 증기선이 금세 통제에서 벗어났어.

"나는 측심봉을 내려다보면서 매번 측정할 때마다 강물 위로 조금씩 그것이 더 삐져나오는 것을 보고 불안해하고 있었는데, 수심을 재던 친구가 갑자기 일을 그만두고 막대를 끌어들일 생각도 없이 갑판에 납작 엎드리는 거야. 그는 그래도 막대를 잡고 있어서 그것은 물속에서 질질 끌려갔어. 동시에 내 아래에 보이던 화부도 마찬가지로 갑자기 난로 앞에 주저앉아 고개를 푹 숙이더군. 나는 어리둥절했지. 그리고는 항로에 암초가 있기 때문에 재빨리 강물을 봐야 했어. 가지들, 잔가지들이 여기저기서 날아가고 있었어—빽빽하게. 내 코앞으로 휙 날아가고, 아래로 떨어지고, 뒤의 조타실을 때리더군. 그러는 내내 강, 강변, 숲은 아주 조용했어—완벽하게 조용했지. 나는 선미 외륜이 첨벙거리는 소리와 잔가지가 후드득 떨어지는 소리만 들을 수 있었거든. 우리는 가까스로 암초를 피해갔어. 맙소사, 화살이었어! 우리가 공격당하고 있었던 거야! 나는 재빨리 안으로 들어가 육지 쪽 덧창을 닫았지. 멍청이 키잡이 놈은 손을 타륜 손잡이에 얹은 채 고삐 매인 말처럼 무릎을 높이 들고, 발을 구르면서, 이를 갈고 있었어. 빌어먹을 놈! 게다가 우리는 기슭에서 10피트 거리에서 비틀거리고 있었지. 나는 무거운 덧창을 닫으려 몸을 한참 밖으로 기울여야 했는데, 잎사귀들 사이에서 나와 같은 높이에서 나를 아주 사납게, 흔들림 없이 쳐다보고 있는 얼굴을 봤어. 그러자 마치 내 눈에서 베일이 걷힌 듯, 뒤엉킨 어둠 속에서 벌거벗은 팔, 다리, 번득이는 눈이 보였지—수풀은 움직이는, 번쩍이는 청동색 인간 팔다리로 가득했던 거야. 잔가지들이 떨리고, 흔들리고, 바스락거리더니 덧창이 제자리를 찾았어. '똑바로 앞으로 몰아.' 내가 키잡이에게 말했어. 그는 머리를 뻣뻣하게 들고 얼굴을 앞으로 향했지. 하지만 계속 눈을 돌렸고, 발을 가볍게 들었다 놨다 했고, 입에서는 거품이 약간 나왔어. '가만히 있으라고!' 내가 화를 내며 소리 질렀어. 나무에 바람에 흔들리지 말라고 명령하는 것과 같았지. 나는 밖으로 뛰쳐나갔어. 내 아래로 철제 갑판에서 발들이 허둥대고 있었어. 혼란스러운 비명. 어떤 목소리가 소리 질렀지. '되돌아갈 수 있어요?' 앞쪽 물에 V자 모양의 물결이 눈에 들어왔어. 뭐? 암초가 하나 더 있었어! 내 발

밑에서 연달아 총소리가 터졌지. 순례자들이 윈체스터로, 소총으로 총격을 시작했는데, 무턱대고 관목 쪽으로 총알을 퍼붓고 있었던 거야. 연기가 잔뜩 피어올라 오고 천천히 앞으로 움직였어. 나는 거기 대고 욕설을 내뱉었지. 이제는 물결도 암초도 보이지 않게 됐거든. 나는 문가에 서서 내다보고 있었는데 화살들이 무더기로 날아왔어. 독이 묻어 있었을지도 모르지만, 보기에는 고양이 한마리 죽이지 못할 것 같았어. 수풀이 울부짖기 시작했어. 우리 나무꾼들이 전투적인 고함을 질렀고, 내 등 바로 뒤에서 소총 쏘는 소리에 귀가 먹먹해졌지. 나는 어깨너머로 뒤를 흘깃 보고 조타실이 다시 한 번 소음과 연기로 가득 차는 순간 타륜으로 달려들었어. 멍청한 검둥이가 모든 걸 때려치우고는 덧창을 열어젖히고 마티니 헨리를 쐈던 거야. 활짝 열린 곳에서 그는 눈을 번득이며 서있었고, 갑자기 꺾인 방향에서 나는 증기선을 돌리려고 애쓰면서, 그에게 돌아오라고 소리쳤어. 돌리고 싶어도 돌릴 공간이 없는 데다가 암초는 빌어먹을 연기 속에 앞쪽 어딘가 아주 가까이 있었고, 낭비할 시간이 없어서 나는 기슭으로—곧바로 기슭으로, 수심이 깊을 것으로 생각하여 배를 몰았지.

"우리는 늘어진 수풀을 천천히 지나갔고 부러진 가지와 나뭇잎들이 쏟아져 내렸지. 아래쪽에서 이어지던 사격은 내 예상대로 탄창이 비니까 갑자기 멈췄어. 무엇인가가 한쪽 덧창 구멍으로 들어와 다른 쪽으로 반짝이며 쌩하고 관통하기에 나는 그쪽으로 고개를 돌렸어. 총알이 없는 소총을 흔들며 강가를 향해 소리를 지르는 미친 키잡이 뒤로, 몸을 반으로 접고, 뛰어오르고, 미끄러지고, 뚜렷하게 일부만 드러났다가 사라지는 사람들의 희미한 형체가 보였어. 커다란 무엇인가가 덧창 앞 공중에서 나타나더니, 소총이 배 밖으로 떨어지고, 키잡이가 빠르게 뒷걸음질을 쳤고, 비범하고 심오하고 친숙한 눈길로 나를 어깨너머로 바라보더니 내 발 위로 쓰러졌어. 그의 옆머리가 타륜에 두 번 부딪쳤고, 긴 지팡이의 끄트머리처럼 생긴 것이 덜거덕거리다가 작은 접의자 하나를 쓰러뜨렸어. 그가 강가에 있는 누군가로부터 그것을 빼앗은 후 균형을 잃은 것처럼 보였어. 옅은 연기가 바람에 날려간 후였고, 암초는 이미 피했고, 앞을 내다보니 백 야드[27] 정도 더 가면 기슭에서 벗어나서 배를 몰 수 있을 것으로 보였지. 하지만 나는 발이 무척 뜨뜻하고 축축해서 아래를 내려다볼 수밖에 없었어. 그 사내는 굴러서 등을 바닥에 대고 누워 나를 똑바로 올려다보고 있었는데, 양손은 그 지팡이를 단단히 잡고 있었어. 그것은 열린 덧창으로 던져지든지 찔러 넣어져서 그의 갈비뼈 바로 아래 옆구리에 박힌 창의 자루였어. 창날은 무시무시한 상처를 내며 눈에 보이지 않게 몸속으로 들어가 있었지. 내 신발은 흥건했어. 타륜 아래에는 피가 검붉은 색으로 빛나며 가만히 고여 있었어. 그의 눈은 놀라운

---

27 백 야드는 약 91.4m.

광채를 내며 빛나고 있었어. 다시 사격이 시작됐지. 그는 그 창이 소중한 것인 양 움켜쥐고는 내가 그것을 빼앗아가기라도 하려는 듯 불안한 눈길로 올려다봤어. 나는 애써 그의 시선으로부터 눈을 돌려 조타에 전념해야 했지. 나는 머리 위로 한 손을 뻗어 기적의 줄을 찾아 새된 소리를 다급하게 연달아 울렸어. 분노한 전투의 고함으로 얼룩진 소란이 곧바로 멈췄고, 숲 깊은 곳에서 세상의 마지막 희망이 사라진 뒤에 나올 법하다고 상상할 만한 애처로운 공포와 전적인 절망의 너무나 떨리고 오래 이어지는 울부짖음이 흘러나왔어. 수풀에서는 큰 동요가 일었지. 화살 비가 그쳤고, 몇몇 개가 날카롭게 떨어졌다—그러더니 정적이었고, 선미 외륜이 느릿하게 물을 치는 소리만 내 귀에 똑똑히 들렸지. 내가 키를 세게 우현으로 돌리는 순간, 분홍색 통 넓은 바지를 입은 순례자가 아주 열이 나고 흥분해서는 문가에 나타났어. '감독님이 저를 보냈습니다—' 그가 공식적인 어조로 말을 시작했다가 바로 멈췄어. '하느님 맙소사!' 그가 부상한 사내를 쳐다보며 말했지.

  "우리 백인 둘이 그를 굽어보며 서 있었고, 번들거리며 질문하는 듯한 그의 눈길이 우리 둘의 말문을 막았어. 그가 금방 무엇인가 이해할 수 있는 언어로 질문을 던질 것 같았지만, 그는 소리 하나 내지 않고, 팔다리도 꼼짝 않고, 근육 하나 움찔하지 않은 채 죽어버렸어. 마지막 순간에 가서야 우리가 볼 수 없는 어떤 신호, 우리가 듣지 못하는 어떤 속삭임에 응답하듯이 얼굴을 심하게 찌푸렸고, 그 찌푸림 때문에 그 시신의 얼굴은 믿을 수 없을 정도로 음침하고, 사색하는 듯한, 위협적인 표정이 났어. 번들거리는 질문의 눈길은 금세 텅 빈 흐리멍덩한 눈으로 변했어. '타륜을 맡을 수 있어요?' 나는 주재원에게 간절하게 물었어. 그는 미심쩍어 보였지. 하지만 나는 그의 팔을 잡았고, 그는 그렇든 아니든 조종하라는 의미라는 것을 알았지. 솔직히 말하자면, 나는 신발과 양말을 갈아 신으려고 안달이 나 있었어. '죽었군요.' 크게 충격을 받은 그 친구가 중얼거렸어. '그건 의심의 여지가 없죠.' 내가 신발끈을 미친 듯이 잡아당기며 말했어. '게다가, 지금쯤이면 커츠 씨도 죽었을 거예요.'

"당장은 그게 지배적 생각이었어. 나는 마치 완전히 실체가 없는 것을 추구한 것 같은 극도의 실망감을 느꼈어. 나는 커츠와 이야기를 나눈다는 목적 하나만으로 온 것이라 해도 그보다 더 분개하지 않았을 거야. 이야기를 함께 나누기─나는 신발 한 짝을 배 밖으로 던지면서 내가 기대하던 것이 바로 그것─커츠와 이야기를 나누는 것─이라는 사실을 깨달았어. 나는 그를, 뭐랄까, 무엇을 하는 사람이 아닌, 말하는 존재로 상상해 왔다는 기묘한 발견을 한 거야. 나는 자신에게 '이제 그를 영영 보지 못할 거야'라든가 '이제 그와 영영 악수하지 못할 거야'가 아니라 '이제 그의 말을 영영 듣지 못할 거야'라고 말했지. 그는 하나의 목소리로 여겨졌어. 물론 내가 그를 어떤 종류의 행동과 결부시키지 않았던 것은 아니야. 그가 다른 모든 주재원을 합친 것보다 많은 상아를 모으고, 교환하고, 속여서 뺏고, 또는 훔쳤다며 온갖 질시와 선망의 말투로 이야기하는 것을 듣지 않았나? 중요한 건 그게 아니었어. 중요한 건, 그가 천부적인 재능을 가진 인간이었고, 그의 모든 재능 중에서도 가장 크게 두드러진 것, 가장 존재감이 컸던 것이 그의 대화 능력, 그의 말이었어—타고난 표현력, 당황스럽게 하는 것, 계몽시키는 것, 가장 고양되고 가장 경멸스러운 것, 고동치는 빛의 흐름 또는 침입할 수 없는 암흑의 핵심으로부터 나오는 거짓의 흐름이었던 거야.

"나는 다른 신발 한 짝을 그 악마 같은 강에 던져버렸어. 나는 제기랄, 다 끝났어, 라고 생각했어. 우리가 너무 늦었고, 그는 사라져 버렸어—그 재능은 어떤 창이나 화살, 아니면 몽둥이에 의해 사라진 거야. 결국, 그 친구가 말하는 것을 들어보지 못하겠지—수풀에서 야만인들이 울부짖는 슬픔만큼, 내 슬픔은 놀랍도록 격한 감정이었어. 내가 어떤 믿음을 빼앗겼거나 일생의 운명을 놓쳤다고 해도 그렇게까지 외로운 절망을 느끼지 않았을 거야……. 왜 그렇게 심하게 한숨을 쉬나, 거기 누군가? 터무니없다고? 그래, 터무니없지. 참! 사람이 살면서 그럴 일이 한 번도—자, 나 담배 좀 주게.……"

깊은 침묵이 잠시 이어지다가 성냥에 불이 켜지더니, 말로의 야윈 얼굴에는 초췌하고 공허한 빛이 보였는데, 아래로 향한 주름과 처진 눈꺼풀에, 주의를 집중하는 표정을 띠었다. 그가 파이프에 대고 세차게 빨자, 얼굴은 아주 작은 불꽃의 규칙적인 깜빡임 속에서 밤으로 들어갔다가 나왔다 하는 것처럼 보였다. 성냥불이 꺼졌다.

"터무니없다고!" 그가 소리쳤다. "이야기하려고 하면 이게 가장 힘들어……. 자네들은 모두 여기 있네, 닻을 두 개 내린 폐선처럼 훌륭한 곳 두 군데에 단단히 고정돼 있어, 한쪽 모퉁이를 돌면 푸줏간 주인, 다른 한쪽을 돌면 경찰관이 있고, 식욕도 좋고, 체온도 정상―내 말 들어―한 해 끝에서 다음 해 끝까지 정상이야. 그러면서, 터무니없다고! 터무니없음은―날려 버려! 터무니없어! 이봐 젊은이들, 순전히 신경이 곤두선 탓에 새 신발 한 켤레를 막 배 밖으로 던져 버린 사람에게서 뭘 기대할 수 있겠어? 이제 와 생각해 보면, 내가 눈물을 흘리지 않은 것이 놀라울 뿐이야. 나는 내 강인함을 대체로 자랑스럽게 생각해. 나는 천부적인 재능을 가진 커츠의 이야기를 듣는 더없이 귀중한 영예를 잃었다는 생각에 깊이 상처받았어. 물론 잘못 생각한 거지. 그 영예는 나를 기다리고 있었어. 오 정말, 나는 충분히 아주 많이 들었어. 그리고 내 생각이 맞기도 했지. 하나의 목소리. 그는 하나의 목소리에 지나지 않았어. 그리고 나는 들었어―그를―그것을―그 목소리를―다른 목소리들―그 모든 것들은 목소리에 지나지 않았더군―그 시간에 대한 기억 자체가 내 주변에 머물러 있어, 감지할 수 없이, 하나의 거대한 재잘거림의 죽어가는 떨림처럼, 바보 같고, 극악무도하고, 추악하고, 야만적이거나 또는 어떤 종류의 감각도 없이 그저 비열해. 목소리들, 목소리들—심지어 그 여자마저도—이제는—"

그는 오랫동안 침묵을 지켰다.

"나는 그의 재능들의 환영을 마침내 거짓말과 함께 잠재웠어." 그가 갑자기 말을 시작했다. "여자! 뭐라고? 내가 여자를 언급했던가? 아, 그녀는 관계없어—전혀. 그들—여자들 말이야—그들은 관계없어—관계없어야 해. 우리는 우리의 세계가 더 나빠지지 않도록, 그들이 그들의 아름다운 세계에 머물 수 있도록 도와줘야 해. 아, 그녀는 아무 관계가 없어야만 했어. 커츠 씨의 발굴된 시신이 '나의 약혼녀'라고 말하는 것을 자네들이 들었어야 해. 그러면 그녀가 얼마나 관계가 없었는지 바로 알 수 있었을 거야. 그리고 커츠 씨의 높게 치솟은 이마 빼란! 가끔은 머리가 다시 자라는 경우도 있다고는 해, 하지만 이건—아—아주 인상적인 대머리였어. 야생의 자연이 그의 머리를 쓰다듬었어, 봐, 그것은 공 같았어—상아로 만든 공. 그것이 그를 어루만졌지, 그리고—자!—그는 시들어버렸어. 그것이 그를 데려가고, 사랑하고, 포옹하고, 그의 핏줄로 들어가고, 그의 살을 먹어버리고, 어떤 악마적인 입회의 상상할 수 없는 의례로 그의 영혼을 봉인했어. 그는 그것이 응석받이로 키우며 총애한 아이였어. 상아라고! 그렇게 생각할 만했지. 상아가 무더기로, 더미로 있었어. 낡은 진흙 오두막이 상아로 터지려 하고 있었어. 온 나라 땅 위나 아래 어디에도 한 조각도 남아 있지 않을 것 같았지. '대부분 화석이야'라고 감독이 얕보며 말했어. 나만큼이나 화석이 아닌 것들이었지. 하지만 땅에서 파낸 것이면 화석이라고 부르더군. 검둥이들은 실제로 때때로 상아를 묻어두는 것 같아—하지만 재능 있는 커츠 씨를 자기 운명으로부터 구할 만큼 충분히 깊게 묻지는 못한 것이 분명해졌지. 우리는 증기선을 가득 채우고 갑판에도 잔뜩 쌓아야 했어. 그렇게 해서, 그는 마지막까지 그런 감상을 좋아했기 때문에, 그가 볼 수 있는 한은 보고 즐길 수 있었지. 그가 '나의 상아'라고 말하는 것을 자네들이 들었어야 해. 그래, 나는 그 말을 들었지. '나의 약혼녀, 나의 상아, 나의 사무소, 나의 강, 나의—' 모든 것이 그의 소유였어. 그 말에 야생이 엄청나게 큰 웃음을 터뜨려 자리에 박힌 별들을 흔들리게 하리라는 기대로 나는 숨을 멈췄어. 모든 것이 그의 소유였지—하지만 그것은 사소했어. 문제는 그가 무엇에 속하는지, 얼마나 많은 암흑의 힘들이 그를 자기 소유라고 주장하는지 아는 것이었어. 그것이 온몸을 오싹하게 하는 생각이었어. 상상하려고 애쓰는 것은—불가능했고, 이롭지도 않았어. 그는 그 땅의 악마들 사이에서도 높은 자리를 차지하고 있었어—말 그대로 말이야. 이해 못하겠다고. 어떻게 그럴 수 있겠는가?—발아래 단단한 보도가 있지, 자네들을 응원하거나 넘어뜨리려는 친절한 이웃들에게 둘러싸여 있지, 푸줏간 주인과 경찰관 사이에서 조심스럽게 발을 디디지, 추문과

교수대와 정신병원을 대단히 두려워하지―어떻게 상상할 수 있겠는가? 인간의 구속되지 않은 발이 고독의 길에 의해서 태초의 시대의 어느 특정한 지역으로 그를 데려갈지―경찰관 하나 없는 완전한 고독―침묵의 길에 의해―완전한 침묵, 그곳에선 여론의 속삭임이라며 경고하는 친절한 이웃의 목소리 하나 들리지 않지. 이런 작은 것들이 엄청난 차이를 만드네. 이런 것들이 없어지면 자신의 타고난 힘, 충실할 수 있는 능력에 의지해야 하네. 물론 잘못되기에는 너무 멍청이거나―자신이 암흑의 힘으로부터 공격당하고 있음을 알기에는 너무 아둔한 사람도 있어. 내가 알기로 악마와 자신의 영혼을 두고 흥정한 멍청이는 없네. 멍청이가 너무 멍청하거나 악마가 너무 악마답거나―둘 중 어느 것인지는 모르겠어. 혹은 천국의 풍경과 소리 말고는 어떤 것도 보이지도 들리지도 않을 만큼 엄청나게 고귀한 생명체일 수도 있지. 그러면 이 땅은 그저 발 딛고 선 곳일 뿐일 테지―그것이 득인지 실인지는 나는 차마 안다고 못 하겠어. 하지만 우리 대부분은 어느 쪽도 아니지. 우리에게 이 땅은 살아야 할 곳이고, 풍경, 소리, 그리고 냄새를 참아내야 하는 곳이지, 세상에―예컨대 죽은 하마 냄새를 호흡하면서도 자신은 오염되지 않아야 하는 곳이야. 그리고 거기서, 알겠어?, 자신의 힘이 나오는 거야, 초라한 구멍을 파서 그것을 묻는 능력에 대한 믿음―자기 자신이 아닌 모호하고 대단히 힘든 일에 헌신하는 힘이 나오는 거야. 그리고 그건 아주 힘들어. 말해두지만,

나는 변명을 하거나 심지어 설명하려는 것도 아니야―나는 자신에게―커츠 씨에 대해―커츠 씨의 그림자에 대해―진술하려는 거야. 오지에서 돌아온, 이 입회된 생령이 완전히 사라지기 전에 나에게 엄청난 신뢰를 부여했어. 그가 나와 영어로 대화를 나눌 수 있었기 때문에 가능했어. 원래의 커츠는 일부 교육을 영국에서 받았어―자신이 그렇게 친절하게도 말했듯이―적절한 곳에 충분히 공감했네. 어머니는 반(半) 영국 혈통이었고 아버지는 반(半) 프랑스 혈통이었네. 전 유럽이 커츠를 만드는 데 기여한 셈이지. 얼마 안 가 나는 국제야만관습억제학회가 매우 적절하게도 그에게 미래 방향을 위해 보고서 작성을 의뢰했음을 알게 됐네. 그리고 그가 보고서도 썼더군. 나는 그것을 봤네. 읽어봤지. 설득력 있는, 설득력이 풍부한 글이었지만 내 생각에 너무 흥분한 것이었어. 그는 열일곱 쪽의 빽빽한 문장을 쓸 시간을 냈던 거지! 하지만 그건 그의―말하자면―신경이 잘못돼서, 입에 담기 어려운 의례로 끝을 맺는 한밤의 무도를 주재하기 전이었어, 그 의례들은―내가 다양한 시점에서 들었던 내용을 바탕으로 마지못해 추측하자면―그에게―알겠나?―커츠 씨 자신에게 바쳐진 것이었네. 하지만 그 글은 아름다운 명문이었네. 그럼에도 그 첫 문단은, 나중에 얻은 정보에 비춰볼 때, 불길한 느낌이 들더군. 그는 우리 백인들이, 우리가 이미 도달한 발전의 지점에서, '그들(야만인들)에게 반드시 초자연적 존재의 모습으로 보여야 한다―신적 존재의 힘을 가지고 접근해야 한다'는 식의 주장을 하며 글을 시작하네. '단순한 우리 의지의 행사로 우리는 거의 무한한 선을 위한 힘을 행사할 수 있다.' 등등. 그 지점에서부터 그는 나를 데리고 높은 곳으로 솟구쳤어. 마무리 부분은 장엄했네, 비록 기억하기 힘들지만. 존엄한 선의가 다스리는 이국적인 거대함의 느낌이 들었지. 나는 열의로 설렜어. 그것은 말의—불타는 고귀한 말의—설득의 무한한 힘이었어. 마지막 쪽 밑에, 분명히 후일에 떨리는 손으로 휘갈겨 쓴 것으로 보이는 일종의 메모를 어떤 방법의 해설이라고 여기지만 않는다면, 문장의 마법적 흐름을 방해하는 실질적인 징후는 전혀 없었네. 그 메모는 매우 단순했고, 모든 이타적인 감정에 호소하는 감동적인 촉구 끝에는, 맑게 갠 하늘에서 치는 번개처럼 번쩍이며 무시무시했어. "짐승들을 모두 박멸하라!" 흥미로운 점은 그가 그 귀중한 후기에 대해 까맣게 잊어버린 것 같았다는 거야. 나중에 그가 어떤 의미에서 정신이 들었을 때 미래에 자신의 경력에 좋은 영향을 줄 것이 틀림없으니 '나의 소책자(그가 그렇게 불렀어)'를 잘 지켜 달라고 여러 차례 나에게 부탁했거든. 나는 이 모든 것에 대한 정보를 다 가지게 됐지. 게다가, 나중에 보니 그의 명예까지 돌봐야 했어. 나는 이것을 위해 할 일을 충분히 했기 때문에, 내가 원한다면, 발전의 쓰레기통 속에, 모든 먼지와 비유적으로 말해서, 문명의 모든 죽은 고양이들 사이에서 영원히 잠들도록 눕힐 명백한 권리를 가지고 있어. 하지만 나는 사실, 선택의 여지가 없네. 그는 잊히지 않을 거야. 그가 무엇이었든, 평범하지는 않았어. 그는 미숙한 영혼들을 매료시키거나 겁먹게 해서 그를 위해 성난 마법의 춤을 추게 할 힘이 있었어. 순례자들의 소심한 영혼을 쓰디쓴 불안으로 채울 수도 있었지. 그는 최소한 한 명의 충실한 친구가 있었는데, 미숙하지도 않고 이기심으로 얼룩지지도 않은 한 영혼을 세상에서 자기 것으로 만들었어. 아니, 그를 잊을 수 없네. 비록 그에게 가는 길에 희생된 목숨만큼 그가 확실히 가치가 있었는지는 인정할 준비가 안 돼 있지만 말이야. 나는 고인이 된 나의 키잡이를 무척 그리워했지—그의 시체가 아직 조타실에 누워 있을 때도 그가 그리웠어. 검은 사하라의 모래 한 알 정도의 가치밖에 없는 야만인에게 내가 그렇게 회한을 느끼는 것이 이상하다고 생각할 수도 있겠지. 자, 모르겠나, 그는 무엇인가를 했어, 키를 잡았지. 몇 달 동안 내 등 뒤에서—도움을 주는—도구 같은 존재였던 거야. 일종의 동반자 관계였네. 그는 나를 위해 조종을 했지—나는 그를 돌봐야 했어, 나는 그의 결함을 걱정해야 했고, 그래서 미묘한 유대가 형성됐는데 나는 그 존재를 그것이 갑자기 깨어진 후에야 깨달았어. 그리고 그가 부상을 당했을 때 나를 보던 그 친밀하고 심오한 눈길은 이날까지 내 기억에—최고의 순간에 확인된 먼 혈연관계의 주장처럼, 남아 있어.

"불쌍한 멍청이 같으니! 그 덧창만 가만히 뒀어도 됐을 것을. 그는 자제력이 없었어, 자제력이—커츠와 똑같이 말이야—바람에 흔들리는 나무였지. 나는 마른 슬리퍼로 갈아 신자마자 그를 끌어 냈는데, 그 전에 우선 그의 옆구리에서 창을 뽑아냈지. 고백하자면 그 일은 내가 눈을 꼭 감고 했어. 그의 두 발꿈치가 문턱에서 함께 튀어 올랐고, 그의 어깨는 내 가슴에 꼭 붙어 있었지. 나는 그를 뒤에서 절박하게 안고 있었어. 아! 그는 무겁고도 무거웠어. 내 느낌에는 세상의 어떤 사람보다도 무거웠지. 나는 그러고 나서 바로 그를 배 밖으로 밀어버렸어. 그러자 물살이 그를 가느다란 풀잎처럼 잡아챘고 그의 몸이 두 번 뒤집어지는 것이 보이더니 영원히 내 시야에서 사라졌어. 그러자 모든 순례자와 감독이 천막 친 갑판에 모여 흥분한 까치 떼처럼 서로 지껄여댔고, 내 매정하고 신속한 행동에 대해 분개하는 중얼거림이 들렸지. 그들이 왜 그 시체를 배에 두려고 했는지는 모르겠어. 미라로 만들려 했는지도 모르지. 하지만 아래 갑판에서 또 하나의, 그리고 매우 불길한 중얼거림이 들렸어. 나무꾼 친구들도 마찬가지로 분개했는데, 훨씬 더 분명한 이유를 댔지—비록 그 이유 자체는 결코 용인할 수 없었지만 말이야. 결코, 용인할 수 없었지! 나는 내 고인 키잡이가 만약 먹힌다면 물고기들만이 먹을 수 있게 하겠다고 이미 마음먹은 상황이었거든. 그는 생전에는 아주 이류 키잡이였지만, 사후에는 일류 유혹물이 되겠지, 아마 놀라운 문제를 일으켰을 거야. 게다가 분홍색 통 넓은 바지를 입은 사내가 일에 서툴러서 나는 어서 타륜을 잡아야 해서 조마조마했지.

"나는 그 간단한 장례가 끝난 후 바로 조타를 시작했어. 우리는 속도를 절반으로 줄여 강불의 가운데로 가고 있었고, 나는 사람들이 하는 이야기를 들었어. 그들은 커츠도 포기하고 사무소도 포기한 데다, 커츠는 죽었고 사무소는 불탔을 거라고 말했어─등등. 빨강 머리 순례자는 최소한 커츠에 대한 복수는 제대로 했다는 생각에 이성을 잃더군. '이봐! 우리가 저 수풀에 있던 놈들 멋지게 죽여줬겠지? 응? 어떻게 생각해? 이봐?' 그 피에 굶주린 빨강 머리 녀석은 춤까지 추더군. 그런데 부상자를 보고는 기절할 뻔해 놓고 말이지! 나는 참지 못하고 말했어. '연기는 멋지게 많이 피웠어요, 어쨌든.' 나는 수풀의 윗부분이 부스럭거리고 날리는 것을 보고는 총격이 대부분 너무 높이 갔다는 것을 알았어. 조준하고 어깨에 대고 쏘지 않으면 아무것도 맞출 수 없는데, 이 친구들은 허리 쪽에서 쏘면서 눈도 감고 있었거든. 그 후퇴는 내가 주장하길─그리고 내 말이 맞았어─기적(汽笛)의 새된 비명 때문이었어. 그들은 그 말에 커츠는 잊어버리고, 나에게 분개해 항의하기 시작하더군.

"감독이 타륜 근처에 서서 무슨 일이 있어도 어두워지기 전에 강 하류로 한참 가야 한다고 친밀하게 중얼거릴 때, 강변 저 멀리에서 숲을 벌채한 개간지와 건물 윤곽이 보였어. '저건 뭐죠?' 내가 물었지. 그는 경탄하며 손뼉을 쳤어. '사무소다!' 그가 소리치더군. 여전히 속도를 반으로 유지하면서, 나는 즉각 배를 천천히 몰아넣었지.

"내가 망원경을 통해 보니 언덕 경사면에 드문드문 희귀한 나무들이 자라고 관목은 전혀 없었어. 언덕 정상에는 무너져가는 긴 건물 한 채가 높이 자란 풀에 반쯤 묻혀 있었지. 뾰족한 지붕에는 검은 구멍들이 멀리서 봤을 때 까맣게 입을 벌리고 있었어. 밀림과 숲이 배경이 됐어. 울타리나 담은 어떤 것도 없었지. 하지만 전에 있었던 것이 확실해 보이는 것은, 건물 가까이에 거칠게 다듬은 여섯 개의 가는 기둥이, 꼭대기에는 둥글게 깎은 공으로 장식된 채, 한 줄로 서 있었거든. 난간이든 뭐든 그 사이에 있던 것은 사라진 상황이었지. 그리고 물론 숲이 그 모두를 에워싸고 있었어. 강기슭에는 아무것도 없었고, 물가에는 수레바퀴처럼 생긴 모자를 쓴 백인 한 명이 팔 전체로 끊임없이 손짓하는 것이 보였어. 숲 가장자리를 위아래로 훑어보니 거의 확신하건대 움직임—여기저기 미끄러지는 인간 형체—이 보였어. 나는 조심스럽게 배가 지나가도록 조종한 다음, 엔진을 끄고 배가 떠내려가도록 내버려뒀어. 강가의 사내는 우리에게 정박하라고 소리치기 시작했지. '우리는 공격을 당했어.' 감독이 외쳤어. '알아요—알아요. 괜찮아요.' 상대방이 아주 명랑하게 되받아쳤어. '어서 오세요. 괜찮아요. 반가워요.'

"그의 모습은 내가 예전에 본 무엇인가—어디선가 본 우스운 무엇인가를 생각나게 하더군. 배를 대려고 조종하면서 나는 자문했어. '이 친구가 누구를 닮은 거지?' 갑자기 떠올랐어. 그는 어릿

광대 같았던 거야. 그의 옷은 아마도 갈색 삼베 같은 천으로 만든 거였지만, 온통 천 조각으로, 파랑, 빨강, 노랑 원색의 천 조각들로 뒤덮여 있었어—옷 뒤판에, 앞판에, 팔꿈치에, 무릎에 천 조각들로 말이야. 재킷 가장자리는 색 선이 둘러 있고, 바지 끝단에는 주홍색 테두리가 둘러 있는데, 햇빛이 비치니 그 짜깁기가 얼마나 잘 됐는지 드러나 무척 쾌활하고 아주 깔끔해 보였어. 수염이 나지 않은 동안에, 아주 흰 피부, 별 특색 없는 얼굴이었는데, 코의 살갗은 벗겨지고 있었고, 눈은 작고 파랗고, 미소와 찡그림이 바람 부는 평원의 햇볕과 그늘처럼 그 숨김없는 얼굴 위에서 서로를 쫓고 있었지. '조심하세요, 선장님!' 그가 외쳤어. '여기 어젯밤에 그루터기가 하나 걸렸어요.' 뭐! 또 장애물이야? 고백건대 나는 거칠게 욕설을 내뱉었어. 나는 이 깡통 배에 구멍을 내는 걸로 그 멋진 여행의 대미를 장식할 뻔한 거지. 기슭의 어릿광대는 조그만 들창코를 나에게 향했어. '영국인이세요?' 그가 만면에 미소를 띠며 물었어. '당신은요?' 내가 타륜에서 소리쳤지. 미소가 모두 사라지더니 나를 실망하게 해 미안하다는 듯 고개를 저었어. 그러고는 다시 밝아지더군. '신경 쓰지 마세요.' 그가 격려하듯 말했어. '우리가 시간 맞춰 온 건가요?' 내가 물었지. '그분은 저 위에 계세요.' 그는 머리를 돌려 언덕을 가리키며 갑자기 우울해졌어. 그의 얼굴은 가을 하늘같이 한순간 흐렸다가 다음 순간 개고는 하더군.

"감독이 완전무장한 순례자들 모두의 호위를 받아 건물로 올라간 후에 이 친구는 배로 올라왔어. '솔직히 마음에 안 드는 상황이네요. 원주민들이 수풀에 있잖아요.' 내가 말했어. 그는 진심으로 나를 안심시키려 하며 괜찮다고 하더군. '그들은 단순한 사람들이에요.' 그가 덧붙였어. '와주셔서 다행이에요. 저들을 막느라 시간을 다 쓰고 있었거든요.' '하지만 괜찮다면서요.' 내가 외쳤어. '아, 그들은 해치려던 건 아니에요.' 그가 말했다가 내가 노려보자 말을 바꾸더군. '꼭 그런 건 아니라는 거죠.' 그러더니 쾌활하게 '세상에! 조타실 청소 좀 하셔야겠는데요!' 하더군. 그다음 순간 그는 나에게 혹시 문제가 생기면 언제든지 기적을 울릴 수 있도록 보일러에 증기를 충분히 유지하라고 조언했어. '새된 소리 한 번이 소총을 다 합친 것보다 더 도움이 될 거예요. 그들은 단순한 사람들이거든요'라고 그가 반복했어. 그는 너무나 빨리 말을 지껄여서 내가 압도당할 지경이었어. 그는 오랜 침묵을 보상받으려는 듯했고, 실제로 웃으면서 그렇다고 암시했지. '커츠 씨와는 이야기 안 하나요?' 내가 물었어. '그분과는 이야기하는 것이 아닙니다―그분의 말을 듣죠.' 그는 크게 흥분해서 외쳤어. '하지만 지금은―' 그는 팔을 내젓고는 눈 깜짝할 사이에 극도로 낙담하더군. 그러더니 순식간에 다시 벌떡 일어나서 내 두 손을 잡고 끊임없이 흔들면서 지껄였어. '뱃사람 형제…… 영광…… 반갑고…… 기쁘고…… 내 소개를 하자면…… 러시아 출신…… 대주교의 아들…… 탐보프(Tambov) 정부…… 뭐라고요? 담배! 영국산 담배, 그 훌륭한 영

국산 담배를! 그야말로 형제답네요. 담배 피우느냐고요? 담배 안 피우는 뱃사람이 어디 있습니까.'

"파이프가 그를 진정시켰고, 그가 학교에서 도망쳐, 러시아 배를 타고 바다로 나갔다는 것을 나는 조금씩 알게 됐지. 다시 도망쳤지. 영국 배들에서 시간을 얼마간 보냈어. 대주교와는 이제 화해했지. 그는 그 점을 강조했어. '하지만 젊을 때는 이것저것 보고, 경험을 쌓고, 이상도 접하고, 생각의 폭을 넓혀야죠.' '이런 곳에서요!' 내가 끼어들었지. '그거야 모르는 일이죠! 여기서 저는 커츠 씨를 만났거든요.' 그가 젊은이다운 진지함과 책망하는 듯한 투로 말했어. 나는 그 다음부터는 입을 다물었지. 알고 보니 그는 해변에 있는 네덜란드 무역회사를 설득해 비축품과 상품을 맡아서는, 가벼운 마음으로, 자신에게 어떤 일이 생길지에 대해서 아기만큼이나 모른 채 내륙으로 향했더군. 그는 바깥의 모든 사람과 모든 것에서 떨어진 채 그 강에서 2년 가까이 헤매고 다녔어. '제가 보기보다 어리지 않습니다. 스물다섯 살이에요.' 그가 말했어. '처음에는 반 슈이텐 씨가 저보고 악마에게나 꺼지라고 하더군요.' 그가 아주 즐거워하며 말했어. '하지만 그에게 딱 달라붙어서 이야기하고 또 했더니, 그는 마침내 제가 그의 가장 좋아하는 개가 이상해질 때까지 계속할까 봐 값싼 물건이랑 총 몇 자루를 주고서 다시는 얼굴을 보지 않았으면 좋겠다고 했어요. 반 슈이텐 씨는 아주 괜찮은 네덜란드인이에요. 제가 1년 전에 그에게 상아를 조금 보냈죠. 제가 돌아갔을 때 도둑놈이라는 소리 듣지 않게요. 상아를 받았기를 바랍니다. 그리고 나머지에 대해서는 신경 안 써요. 당신들을 위해 장작을 남겨뒀죠. 그게 제 옛날 집이었어요. 보셨어요?'

"나는 그에게 타우슨의 책을 건네줬어. 그는 나에게 입이라도 맞출 기세였지만 자제하더군. '제게 남은 유일한 책인데, 잃어버린 줄 알았어요.' 그가 책을 황홀하게 바라보며 말했어. '혼자 다니는 사람에게는 수많은 사고가 생기거든요. 때로는 카누가 뒤집어지기도 하죠—때로는 그 사람들이 화가 났을 때 재빨리 자리를 피해야 하죠.' 그가 엄지로 책장을 넘겼어. '러시아어로 메모한 거예요?' 내가 물었지. 그가 고개를 끄덕였어. '나는 암호로 쓰인 건 줄 알았어요.' 그가 소리 내 웃더니, 다시 심각해졌어. '저는 이 사람들을 막아내느라 곤경을 많이 겪었어요.' 그가 말했어. '그들이 당신을 죽이려고 했나요?' 내가 물었지. '아니요!' 그가 큰 소리로 말하고는 자신을 가다듬었어. '그들이 왜 우리를 공격한 거죠?' 내가 다시 물었지. 그가 망설이다가 부끄러워하며 말했어. '그들은 그분이 떠나는 것을 원하지 않아요.' '그래요?' 나는 호기심을 품고 물었지. 그는 수수께끼와 지혜가 가득한 표정으로 고개를 끄덕였어. '그런데 말이죠.' 그가 외쳤어. '그분은 제 생각의 폭을 넓혀주셨어요.' 그는 작고 파란 눈을 완전히 동그랗게 뜨며 나를 응시하더니 두 팔을 활짝 벌렸어."

3장

"나는 놀라서 멍하니 그를 바라봤지. 그는 마치 광대 패로부터 도망친 것처럼 의욕적이며 화려한 모습으로 내 앞에 있었어. 그의 존재 자체가 있을 법하지 않고, 설명할 수 없고, 완전히 어리둥절하게 하더군. 그는 답을 찾을 수 없는 문제였어. 그가 어떻게 존재했는지, 어떻게 그렇게 멀리까지 오는 데 성공했는지, 어떻게 남아있을 수 있었는지—왜 곧바로 사라지지 않았는지—상상할 수 없었어. '저는 조금 더 나아갔어요.' 그가 말했어. '그리고 또 조금 더—그러다가 어떻게 되돌아갈지 모르는 곳까지 이르렀어요. 하지만 상관없어요. 시간은 많거든요. 저는 어떻게든 살 수 있어요. 당신은 커츠 씨를 어서—어서—데려가세요.' 젊음의 매력이 그의 알록달록한 누더기 옷, 그의 빈곤, 그의 외로움, 그의 덧없는 방황의 근본적인 황폐를 감싸줬어. 몇 달—몇 년 동안—그의 삶은 하루를 넘기기도 위태했을 거야. 그가 그렇게 당당하게, 무모하게 살고 있고, 온전히 파괴되지 않았던 것은 오직 그의 어린 나이와 분별 없는 대담성이라는 미덕 때문이야. 나는 존경 같은—부러움 같은 어떤 감정에 사로잡혔어. 매력이 그를 몰아가고, 매력이 그를 상처 입지 않게 해주고 있었어. 그가 야생으로부터 분명히 원하는 것은 숨 쉴 공간과 앞으로 밀어붙일 공간뿐이었어. 그에게 필요한 것은 가능한 큰 위험에도, 최대의 결핍에도 불구하고, 존재하고 앞으로 나아가는 것이었어. 만약에 완벽하게 순수하고, 비계산적이고, 비실용적인 모험정신이 한 번이라도 어떤 인간을 지배했다면, 바로 이 누더기 옷을 입은 젊은이를 지배했다고 할 수 있어. 나는 그가 이 겸허하고 선명한 불꽃을 지녀서 거의 부러울 정도였어. 그것은 자기 자신에 대한 생각을 완전히 지워버려서, 그와 이야기를 나누다 보면 바로 그가—내 눈앞에 있는 이 사람이—그 모든 일을 겪었다는 사실을 잊고는 했지. 그래도 나는 커츠에 대한 그의 헌신은 부럽지 않았어. 그는 그것에 대해 숙고하지 않았었거든. 그것은 그저 그에게 왔고, 그는 일종의 열렬한 운명론으로 받아들였던 거야. 나는 분명히 그것이 지금까지 그가 만난 모든 위험 중에 모든 면에서 가장 위험한 것으로 생각했어.

"그들은 바람이 잦아들어 옆에 멈춘 두 척의 배가 옆면을 비비게 되듯이, 마침내 피할 수 없이 함께하게 됐지. 나는 커츠가 자기 이야기를 들어줄 사람을 원했다고 생각해, 왜냐하면 어떤 경우, 숲 속에서 야영하다가 그들은 밤새도록 이야기를 했대, 또는 커츠가 일방적으로 이야기했다는 쪽이 더 가능성이 높아. '우리는 모든 것에 관해 이야기했어요.' 그가 그 기억에 꽤 도취해서 말했어. '나는 잠이라는 게 있는지를 잊었어요. 밤이 한 시간도 안 되는 것 같았죠. 모든 것! 모든 것을!…… 사랑에 대해서도.' '아, 그가 사랑에 관해 이야기했군요!' 내가 무척 흥미로워하며 말했지. '당신이 생각하는 그런 게 아니에요.' 그가 거의 격렬한 어조로 외쳤어. '훨씬 더 일반적인 것. 그는 나에게 다른 것들을—다른 것들을 보게 했어요.'

"그가 두 팔을 번쩍 들었어. 우리는 그때 갑판 위에 있었는데, 근처에서 어슬렁거리던 나무꾼들의 우두머리가 그에게 그 무겁고 번득이는 눈길을 돌렸어. 나는 주위를 둘러봤는데, 왜인지는 모르겠지만, 확실히 말할 수 있는 것은, 그 땅, 그 강, 그 밀림, 불타는 하늘의 포물선 자체가 그렇게 절망적이며 그렇게 어둡고, 인간의 생각으로 그렇게나 알 수 없고, 인간의 약함에 그렇게 무자비하게 보인 적은 한 번도, 전에는 한 번도 없었어. '그 후로는 그와 함께였던 거죠, 물론?' 내가 물었어.

"전혀 반대였더군. 알고 보니 그들의 왕래는 여러 가지 이유로 종종 끊어졌어. 그가 매우 자랑스럽게 나에게 알려주기를, 두 차례에 걸쳐 커츠를 간호한 적이 있었다는군 (그것이 무슨 아주 대담한 업적인 것처럼 그가 암시했어), 하지만 커츠는 대체로 혼자 숲 속 깊숙이 헤매고 다녔데. '저는 대부분의 경우는 이 사무소에 오면 그가 나타날 때까지 며칠씩 기다려야 했어요.' 그가 말했어. '아! 하지만 기다린 보람이 있었죠!—때로는요.' '그는 뭘 하고 있었던 거죠? 탐험이나 그런 것을 한 거였나요?' 내가 물었어. '아, 그랬어요, 물론.' 그는 마을을 여러 개 발견했고, 호수도 하나 찾아냈지—어느 방향인지 정확히는 몰랐어, 너무 많이 물어보는 것은 위험했거든—하지만 그의 원정 대부분은 상아 때문이었어. '하지만 그때면 그는 교역할 물건이 없었을 텐데요?' 내가 반박했지. '탄약은 지금도 충분히 많이 남아 있거든요.' 그가 눈길을 다른 데로 돌리며 말했어. '쉽게 말해서, 그가 이 지역을 약탈했다는 거군요.' 내가 말했어. 그가 고개를 끄덕였지. '혼자서는 아니었겠죠, 당연히!' 그는 호수 주변에 있는 마을들에 대해 뭐라고 중얼거렸어. '커츠가 그 부족이 그를 따르도록 했군요, 그렇죠?' 내가 물었어. 그가 약간 안절부절못하더군. '그들은 그를 숭배했어요.' 그가 말했어. 그 말의 어조가 너무나 의외여서 나는 그를 탐색하듯이 쳐다봤어. 그가 커츠에 대해 말하려는 열망과 내키지 않는 마음이 섞여 있는 것이 흥미롭더군. 커츠가 그의 삶을 채우고, 생각을 지배하고, 감정을 흔들었어. '뭘 기대할 수 있겠어요!' 그가 갑자기 내뱉었어. '그는 그들에게 천둥과 번개를 가지고 왔어요, 알잖아요—그들은 그전까지 한 번도 본 적 없는 것이었죠—아주 무시무시했어요. 그는 아주 무서울 수 있었어요. 보통 사람을 비난하듯이 커츠 씨를 비난할 수는 없어요. 아니, 아니, 안 되죠! 자—예를 들자면—저는 이런 말 하는 게 꺼려지지 않아요, 그는 한 번은 나도 쏘려고 했어요—하지만 저는 그를 비난하지 않아요.' '당신을 쏜다고요!' 내가 외쳤어. '왜요?' '글쎄, 우리 집에서 가까운 마을의 추장이 저에게 준 상아를 조금 가지고 있었거든요. 제가 그들을 위해 사냥을 해줬죠. 그분이 그것을 원했고 제 말은 듣지도 않았어요. 그분은 자기가 그렇게 할 수 있고 그러기를 원하기 때문에, 그리고 자신이 내키는 사람을 죽이는 것은 세상 무엇도 막을 수 없으므로, 상아를 주고 이 지방을 떠나지 않으면 나를 쏘겠다고 선언했어요. 그리고 그 말은 사실이었어요. 저는 그에게 상아를 줬어요. 그건 신경도 안 썼죠! 하지만 떠나지는 않았어요. 아니에요, 아니에요. 그를 떠날 수 없었어요. 물론, 다시 사이가 좋아지기 전까지 조심해야 했죠. 그가 그때 두 번째로 병에 걸렸어요. 나중에는 방해되지 않도록 해야 했죠, 하지만 저는 신경 쓰지 않았어요. 그는 그 호수 근처 마을들에서 대부분 지냈거든요. 그가 강으로 내려올 때, 가끔은 저를 좋아했고 가끔은 제가 조심하는 편이 나았죠. 그분은 고통을 너무 많이 겪었어요. 이 모든 것을 증오했지만, 왠지 벗어날 수 없었죠. 기회가 있을 때면 저는 그분께 아직 시간이 있을 때 떠나자고 간청하며, 저도 같이 돌아가겠다고 제안하고는 했어요. 그러면 그는 그러겠다고 대답하고는, 또 남아 있는 거죠. 다시 상아 사냥을 나가 몇 주씩 사라졌죠. 이 사람들 사이에서 자신을 잊었어요—잊은 거죠.' '세상에! 그는 미쳤군요.' 내가 말했어.

그는 성을 내며 반발했어. 커츠 씨는 미쳤을 리 없다는 거였어. 내가 만약 이틀 전에 그가 이야기하는 것을 들었다면 그런 말을 할 리 없다며…… 나는 이야기를 나누는 동안 쌍안경을 들어 강변 쪽을 바라보며, 집 양옆과 뒤쪽의 숲 가장자리를 훑고 있었지. 그 수풀 속에 사람들이 그렇게 조용히, 그렇게 소리 없이―언덕 위에 폐허가 된 집만큼 조용하고 소리 없이―있다는 인식이 나를 불편하게 했어. 이 놀라운 이야기의 흔적은 자연의 표면에 보이지 않았어. 이야기를 나에게 말로 전했다기보다는 외로운 감탄사로, 어깨를 으쓱하면서, 단절된 문구들로, 깊은 한숨으로 끝나는 암시로 제시하듯이 말한 거야. 숲은 가면처럼 움직임이 없었어―닫힌 감옥 문처럼 무거웠어―그 숨겨진 지식의, 참을성 있는 기대의, 접근할 수 없는 침묵의 분위기로 보고 있었지. 러시아인은 최근에 와서야 커츠 씨가 그 호수 부족의 전사들을 모두 데리고 강으로 내려왔다고 설명하고 있더군. 그는 몇 달간 자리를 비웠다가―아마 숭배를 받았을 테지―강 건너편이나 하류를 약탈하겠다는 의도를 만천하에 드러내며, 갑자기 내려왔다는 거야. 확실히 더 많은 상아에 대한 욕구가―뭐라고 할까―덜 물질적인 열망을 능가한 것이 분명했지. 하지만 그는 갑자기 병세가 악화됐어. '그가 병상에 누워 있다고 들어서 제가 올라왔어요―기회를 잡았지요.' 러시아인이 말했어. '아, 그는 상태가 나빠요, 아주 나빠요.' 나는 쌍안경을 집 쪽으로 향했어. 생명의 징후는 없었지만, 무너진 지붕, 각기 다른 크기의 네모난 작은 창문 구멍이 세 개 나 있는, 긴 풀 위로 고개를 내민 진흙 담이 있었고, 이 모든 것들이 내가 손을 뻗으면 닿을 듯이 가까이 보였지. 나는 이어서 몸을 획 돌렸고 사라진 울타리에서 남아 있는 기둥 중 하나가 쌍안경 시야에 튀어 들어왔지. 자네들이 기억하다시피, 나는 멀리서 그곳을 보았을 때, 그곳이 폐허라는 것을 고려하면 꽤 놀랍게도, 장식하려고 시도했다는 데서 깊은 인상을 받았다고 자네들에게 이야기했었지. 이제 나는 갑자기 더 가까이서 그것들을 볼 수 있었고, 그 결과 무엇인가에 얻어맞은 듯 머리를 뒤로 젖혔어. 그다음에는 쌍안경을 통해 기둥들을 하나하나 자세히 봤고, 내가 잘못 생각했다는 것을 알았지. 이 둥근 마디들은 장식적인 것이 아니라 상징적인 것들이었어. 의미가 있는 듯하면서 영문을 알 수 없고, 인상적이면서 불온했어—생각할 거리이면서, 만약 근처 하늘에서 아래를 내려다보는 콘도르들이 있었다면 먹잇감도 될 만한 것이었어. 하지만 기둥을 기어 올라갈 만큼 부지런하다면, 개미들에게는 어떤 경우든 먹잇감이 될 것이었지. 그 말뚝에 꽂힌 머리들은 아마 얼굴이 집 쪽으로 돌려져 있지 않았다면 더욱 충격적이었을 거야. 단 한 개, 내가 처음에 알아본 머리만이 내 쪽을 향하고 있었지. 나는 자네들 생각만큼 충격을 받지는 않았어. 내가 뒤로 물러섰던 것은 다만 놀라서 나온 행동이었어. 거기 나무공이 있을 거라고 예상하고 있었거든. 나는 신중하게 처음 본 머리로 시선을 다시 돌렸어—그곳에는 검고, 바짝 마르고, 움푹 들어간 머리가 눈꺼풀은 감고 있었어—말뚝 위에서 잠자고 있는 것 같은 머리였지, 그리고 쪼그라든 마른 입술이 이빨의 가느다란 흰 선을 보이면서, 웃기까지 하고 있었어, 그 영원한 잠에서 어떤 끝나지 않고 우스꽝스러운 꿈을 꾸며 끊임없이 웃고 있었던 거야.

"나는 회사의 비밀을 누설하는 것은 아니야. 사실 감독은 커츠 씨의 방법들이 그 구역을 망쳤다고 나중에 말한 적 있어. 나는 그 부분에 대해서는 할 말 없지만, 자네들이 확실히 알아뒀으면 좋겠다는 것이, 그 머리들을 거기 둠으로써 딱히 이득이 될 것은 없었다는 사실이야. 그것들은 단지 커츠 씨가 그의 다양한 욕망을 충족하는 데서 자제력을 잃었고, 그의 안에 무엇인가—절박하게 필요할 때, 그의 훌륭한 설득력 아래에서도 찾지 못한 작은 무엇인가가 부족하다는 것을 보여줬을 뿐이야. 그가 자신의 결함을 알았는지는 모르겠어. 나는 그 깨달음이 그에게 마지막에—완전히 마지막에야 왔다고 생각해. 하지만 야생이 그를 일찍 찾아냈고 그 기상천외한 침입에 대해 무서운 복수를 그에게 했던 거야. 내 생각에 그것은 그가 자신에 대해 알지 못했던 것들, 그가 이 거대한 고독과 상담하기 전까지 개념조차 가지고 있지 않았던 것들에 대해 그에게 속삭였어—그 속삭임이 거부할 수 없을 만큼 매혹적이었던 거야. 그의 중심이 텅 비어 있었기 때문에 그 소리는 그의 안에서 크게 메아리쳤어…… 나는 쌍안경을 내려놨고, 말을 건넬 수 있을 것처럼 가까워 보였던 머리는 단번에 나에게서 닿을 수 없는 거리로 멀어졌지.

"커츠 씨의 추종자는 약간 풀이 죽어 있더군. 그는 다급하고 불분명한 목소리로 자기는 감히 그—뭐라고 할까, 상징물들을— 내릴 수 없었다고 나에게 설명하기 시작했어. 그는 원주민들은 두렵지 않다고 하더군. 그들은 커츠 씨가 명령을 내리기 전까지는 움직이지 않았거든. 그의 지배적 지위는 놀라운 것이었어. 부족들의 야영지가 그곳을 에워쌌고 추장들이 매일 그를 보러 왔어. 그들은 기었어…… '커츠 씨에게 다가갈 때 쓰이는 의식은 전혀 알고 싶지 않습니다.' 내가 소리쳤어. 커츠 씨의 창문 밑에서 말뚝에 꽂혀 말라가는 머리들보다 그런 상세한 묘사를 더 못 참을 것 같은, 나를 덮친 이 감정이 이상하더군. 결국, 그것은 오로지 야만적인 장면이었던 반면에, 나는 어느 순간 어떤 미묘한 공포가 깃든 빛 없는 지역으로 옮겨진 것 같았어, 그곳에서 순수하고 단순한 야만은 긍정적인 위안이었거든, 햇빛 아래—당연히—존재할 권리가 있으니까. 젊은이는 놀라서 나를 쳐다봤어. 커츠 씨가 나에게는 우상이 아니리라고는 상상도 못 했던 것 같아. 그 뭐더라?, 사랑, 정의, 삶의 자세—따위에 대해 한, 그 멋진 독백을 들어본 적이 내가 한 번도 없다는 사실을 그는 잊었던 거지. 커츠 씨 앞에서 기는 것으로 치자면, 그는 더할 나위 없이 야만인들만큼 기었던 셈이야. 내가 그 상황에 대해서 잘 모른다고, 그가 말했어. 저 머리는 반란자들의 머리예요. 나는 크게 웃음으로써 그에게 극도로 충격을 줬어. 반란자들이라고! 내가 다음에 듣게 될 정의(定義)는 무엇일까? 적, 범죄자, 일꾼이 있었지―이번에는, 반란자였어. 그 반란자들의 머리는 막대기에 꽂히니 나에게는 아주 얌전해 보이더군. '삶이 커츠 씨 같은 분을 어떻게 시험에 들게 하는지 당신은 몰라요.' 커츠의 마지막 제자가 외쳤어. '그래요, 그러면 당신은?' 내가 물었어. '저는! 저는! 저는 단순한 사람입니다. 위대한 사상 따위 없어요. 누구에게서도 그 무엇도 원하지 않죠. 어떻게 저를 그분과 비교할 수가……?' 그의 감정을 차마 말로 표현할 수 없었고 갑자기 그는 무너져 내렸어. '저는 이해가 안 돼요.' 그가 신음했어. '저는 그를 살리려고 최선을 다했어요, 그리고 그것으로 충분해요. 이 모든 일에 저는 관여하지 않았어요. 저는 그럴 능력이 없어요. 지난 몇 달 동안 한 방울의 약도 환자 음식 한 입도 없었어요. 그분은 파렴치하게 버려진 거예요. 그런 분이, 그런 이상을 가진 분이. 파렴치하게! 파렴치하게! 저는―저는―지난 열흘 동안 잠을 한숨도 못 잤어요……'

"그의 목소리는 저녁의 정적 속에 길을 잃었어. 숲의 긴 그림자가 우리가 이야기하는 동안 언덕 아래쪽으로 미끄러져 내려서, 무너진 오두막을 한참 지나, 말뚝의 상징적인 열을 지나쳐 갔어. 이 모든 것들이 어둑어둑해 있었지만, 아래쪽에 있던 우리는 아직 햇볕 아래 있었어, 그리고 정착지와 나란히 뻗은 강물은 고요하고 눈부신 광채로 반짝였고, 위와 아래의 굴곡에는 음산하고 그늘져 있더군. 강변에는 살아있는 것이라고는 보이지 않았어. 관목 수풀도 부스럭거리지 않았지.

"갑자기 집 모퉁이를 돌아 한 무리의 남자들이 마치 땅에서 솟은 듯이 나타났어. 그들은 밀착 대열을 이루며, 가운데에 임시로 만든 들것을 들고 허리 높이의 풀을 헤치며 지나갔어. 순식간에 텅 빈 땅에서 비명이 들렸는데 그 날카로운 소리가, 땅의 심장으로 똑바로 날아가는 뾰족한 화살처럼 고요한 공기를 꿰뚫었지. 그리고 주문에 걸린 듯 사람들—벌거벗은 사람들—이 손에 창을 들고, 활을 들고, 방패를 들고, 야성적인 눈빛과 야만적인 움직임을 하고, 표정이 어둡고 생각에 잠긴 숲 옆의 정착지로 줄지어 쏟아져 나왔어. 수풀이 떨리고, 풀이 한동안 흔들리더니, 모든 것이 귀 기울이는 부동자세로 고요히 서 있더군.

"'이제 그가 그들에게 적절한 말을 하지 않으면 우리는 다 끝장이에요.' 러시아인이 내 팔꿈치 근처에서 말하더군. 들것을 든 사내들의 무리도 증기선으로 오는 길 절반쯤에서, 마치 겁에 질린 듯 멈춰 섰어. 들것에 실린 남자가 들것을 든 사람들의 어깨 위로 일어나 앉는 것이 보였는데, 호리호리했고 들것을 든 사람들 위로 한쪽 팔을 들어 올리더군. '사랑 일반에 대해 그렇게 잘 이야기할 수 있는 사람이 이번에 우리를 살려둘 어떤 구체적인 이유를 찾게 우리 둘 다 바랍시다.' 내가 말했어. 터무니없게 위험한 우리 상황이,

마치 우리 목숨이 저 흉악한 유령에게 달렸다는 것이 명예에 먹칠하는 필요성인 듯이, 나는 몹시 싫었어. 소리 하나 들리지 않았지. 하지만 마른 팔이 지휘하듯 뻗어있는 것을, 아래턱이 움직이는 것을, 갑자기 기괴하게 *끄덕이는* 그 뼈만 남은 머리 깊은 곳에서부터 환영 같은 눈이 어둡게 빛나는 것을 나는 쌍안경을 통해 보았어. 커츠—커츠—독일어로는 '짧다'는 뜻이지—그렇지 않나? 글쎄, 그 이름은 그의 삶의 다른 모든 것만큼—죽음만큼—진실했네. 그는 최소한 7피트[28]는 돼 보였거든. 그를 감싸고 있던 것이 벗겨져서 비참하고 섬뜩한 몸이 수의에서 모습을 드러내듯 나타났지. 나는 그의 갈빗대들이 떨리고, 팔의 뼈가 흔들리는 것이 보였어. 마치 오래된 상아에 조각한 죽음의 살아있는 형상이, 어둡고 번쩍이는 청동으로 만들고 움직이지 않는 남자들의 무리를 향해 위협적으로 손을 흔드는 것 같았어. 그가 입을 크게 벌리는 것이 보였어—그가 마치 공기 전부를, 땅 전부를, 그의 앞에 있는 사내들 모두를 삼키려 하는 것처럼 묘하게 탐욕스러운 인상을 주더군. 낮은 목소리가 희미하게 나에게 들렸지. 그가 소리치고 있었던 것이 분명해. 그는 갑자기 뒤로 쓰러졌어. 들것 든 사람들이 앞으로 비틀거리며 나가면서 들것이 흔들렸고, 그와 거의 동시에 야만인들의 무리가 눈에 띄는 움직임 없이, 마치 그들을 토해냈던 숲이 긴 들숨으

---

28 7피트는 약 213cm.

로 숨을 들이켜듯 그들을 빨아들인 것처럼, 사라지는 것이 보였어.

　"들것 뒤에서는 순례자들 몇몇이 그의 무기—산탄총 두 자루, 묵직한 소총 한 자루, 그리고 가벼운 카빈총—그 비참한 주피터의 벼락을 들고 있었어. 감독은 그의 머리 옆에서 걸으면서 몸을 숙여 뭔가 중얼거리고 있었네. 그들은 그를 작은 선실 중 하나에 내려 놨어—그냥 침대 하나와 접의자 한두 개 놓을 수 있는 곳, 있잖나. 우리가 그의 날짜 지난 편지들을 가져와서, 찢어진 봉투와 펼쳐진 편지 여러 장이 침대에 널려 있었지. 그의 손이 힘없이 그 종이들을 훑었어. 나는 그의 눈에서 뿜어져 나오는 불길과 그의 표정에서 보이는 무력함이 인상에 남더군. 그것은 병으로 인한 피로가 아니었어. 그는 고통스러워하는 것 같지 않았어. 이 그림자는 현재로 써는 모든 감정을 충분히 느꼈다는 듯 만족스럽고 차분해 보였어.

　"그는 편지 중 하나를 부스럭대더니, 내 얼굴을 똑바로 바라보면서 말했어. '만나서 반갑소.' 누군가 나에 대해 편지에 썼던 거지. 이 특별한 추천서들이 다시 나타나고 있었던 거야. 그가 별 노력 없이, 입술도 거의 움직일 필요 없이, 내뱉는 어조의 성량이 나를 놀라게 했어. 그 목소리! 그 목소리! 그 사내 자신은 속삭일 힘조차 없어 보였는데도, 그 목소리는 근엄하고, 깊고, 떨렸어. 하지만 우리를 거의 끝장낼 힘이—의심의 여지 없이 허위지만—그에게 있었지. 그에 대해서는 그에게서 직접 듣게 될 걸세.

　"감독이 문가에 조용히 나타났지. 나는 바로 밖으로 나갔고 그가 내 뒤로 커튼을 닫았어. 순례자들로부터 호기심 어린 눈길을 받는 러시아인은 강변을 응시하고 있었어. 나는 그의 눈길이 향한 곳을 봤지.

"숲의 어둑한 경계를 배경으로 희미하게 획획 지나가는 사람들의 어두운 형체를 구분할 수 있었고, 강 가까이에서는 햇빛 아래, 점박이 무늬 가죽으로 만든 환상적인 머리 장식을 한 청동색 형체 둘이 긴 창에 기대서서 전투적이면서도 고요하게 동상 같은 휴식을 취하고 있더군. 그리고 빛이 비치는 강변을 따라 오른쪽에서 왼쪽으로 야성적이고 아름다운 유령 같은 여자 한 명이 움직였어.

"그녀는 줄무늬에 술이 달린 천으로 몸을 감싼 채, 미개한 장식품을 약간 짤랑거리고 번쩍이며, 땅을 자랑스럽게 밟으며 신중한 걸음으로 걸었어. 그녀는 머리를 높이 들었지. 머리카락은 투구 모양으로 손질돼 있었어. 무릎까지 올라오는 놋쇠 정강이받이, 팔꿈치까지 오는 놋쇠 철사 장갑, 황갈색 뺨에는 주홍색 점을 칠하고, 셀 수 없이 많은 유리구슬 목걸이를 목에 걸고 있더군. 기묘한 물건들, 부적들, 주술사들의 선물들이 몸에 늘어져 있어서 발걸음을 옮길 때마다 반짝이고 흔들렸지. 아마 코끼리 상아 몇 개 값어치는 두르고 있었을 거야. 그녀는 야만적이면서 당당했고, 눈은 이글거리면서 장엄했지. 그녀의 침착한 걸음은 무엇인가가 불길하며 위엄 있었어. 그리고 그 슬픈 땅 전체에 갑자기 내린 침묵 속에, 그 드넓은 야생이, 비옥하고 신비한 생명의 거대한 몸이 그녀를, 마치 자신의 어둡고 열정적인 영혼의 상을 보듯, 사색적으로 바라보는 것 같았어.

"그녀는 증기선과 나란한 곳까지 와서 멈춰 서더니 우리 쪽으로 몸을 돌렸어. 그녀의 긴 그림자가 물가에 졌어. 그녀의 얼굴에는 격한 슬픔과 둔한 통증이, 결의가 반쯤 형체를 갖춘, 어떤 투쟁의 두려움과 섞인 비극적이고 격렬한 표정이었어. 그녀는 야생 그 자체처럼, 어떤 불가사의한 목적을 고심하는 태도로 움직이지 않고 우리를 바라봤어. 꼬박 일 분이 흐른 다음, 그녀가 앞으로 한 발 내디뎠어. 낮게 짤랑거리는 소리, 노란 금속의 빛남, 술 달린 천의 흔들림이 있었고, 그녀는 심장이 멈춘 듯 멈춰 섰지. 내 옆의 젊은 친구가 으르렁대더군. 순례자들은 내 등 뒤에서 중얼거렸지. 그녀는 자신의 흔들리지 않는 확고한 응시에 목숨이 달린 것처럼 우리를 바라봤어. 그녀는 갑자기 맨팔을 벌리더니 머리 위로 꼿꼿이 들었어, 하늘을 손으로 만지려는 참을 수 없는 충동이 생긴 것처럼, 그리고 그와 동시에 재빠른 그림자들이 땅 위로 튀어나와, 사방에서 강을 휩쓸더니, 어두운 그림자가 증기선을 둘러쌌어. 무서운 침묵이 그곳에 감돌았지.

"그녀는 천천히 뒤로 돌아, 계속 걷더니, 기슭을 따라 왼쪽의 수풀로 들어가더군. 그녀는 사라지기 전에 딱 한 번 덤불의 어스름 속에서 우리를 향해 뒤돌아 눈을 번득였어.

"만약 저 여자가 배 위로 올라오려 했다면 나는 정말 쏘려고 했을 것 같아요.' 누더기 옷의 사내가 긴장한 목소리로 말했어. '저는 지난 보름 동안 매일 밤 그녀를 집에 못 들어오게 하느라 목숨을 걸었어요. 하루는 집에 들어와서는 제가 옷을 기우려고 창고에서 가져온 그 초라한 넝마를 가지고 싸움을 벌였어요. 제가 품위가 없다는 거였죠. 최소한 그거였을 거예요, 왜냐하면 그녀는 때때로 나를 손가락으로 가리켜가며 커츠에게 한 시간 동안 맹렬하게 이야기를 했거든요. 저는 이 부족의 방언은 알아듣지 못해요. 저로서는 다행히도, 커츠가 그런 데 신경 쓰기에는 그날 너무나 아팠던 것 같아요, 아니었으면 저에게 해가 있었겠죠. 저는 이해가 안 돼요…… 정말 안 돼요—저로서는 감당할 수 없어요. 뭐, 이제는 다 끝났죠.'

"그 순간 커츠의 낮은 목소리가 커튼 뒤에서 들렸어. '나를 구하라고요!—상아를 구하라는 의미겠죠. 그런 말씀 마십시오! "나"를 구한다니! 아니, 내가 당신을 구해야만 하죠. 당신은 지금 내 계획을 방해하고 있어요. 병들었어요! 병들었다고요! 당신이 믿고 싶은 만큼 병든 건 아닙니다. 됐어요. 나는 그래도 내 이상을 실현할 겁니다—돌아올 겁니다. 어떤 일이 가능한지 보여주겠어요. 당신과 당신의 그 시시한 생각들—당신은 나를 방해하고 있어요. 나는 돌아올 겁니다. 나는……'

"감독이 나왔어. 영광스럽게도 그가 내 어깨에 팔을 두르고 옆으로 데리고 갔어. '그는 아주 약해, 아주 약해' 그가 말하더군. 그가 한숨을 쉴 필요는 있다고 생각했지만, 일관되게 슬퍼해야 한다는 것은 간과했네. '우리는 그를 위해 할 수 있는 건 다 했잖아―그렇지 않나? 하지만 이제 숨길 수 없는 것은, 커츠 씨가 회사에 이로움보다는 해를 더 많이 끼쳤다는 사실이야. 그는 대담한 행동을 취하기에 시기가 무르익지 않았다는 것을 보지 못했어. 신중하게, 신중하게―그것이 내 원칙이야. 우리는 아직 신중해야 해. 이 구역은 우리에게 한동안 폐쇄됐어. 통탄할 일이야! 전반적으로 무역이 타격을 입을 거야. 막대한 양의 상아―주로 화석이 있다는 것은 부인하지 않겠어. 우리는 그것을 구해야 해, 무슨 일이 있어도―하지만 상황이 얼마나 불안정한지 봐―그리고 왜 그러지? 왜냐하면, 방법이 불건전하기 때문이야.' '감독님은' 내가 강변을 바라보며 말했어. '그것을 "불건전한 방법"이라고 하시는 건가요?' '당연히 그렇지.' 그가 흥분해서 외쳤어. '그럼 자네는?'…… '아무 방법도 아니죠.' 내가 잠시 후에 중얼거렸어. '바로 맞아.' 그가 의기양양해 했어. '나는 이것을 예상했어. 판단이 완전히 빗나갔음을 보여주고 있지. 해당 부서에서 그 점을 지적하는 것이 내 임무야.' '아, 맞아요.' 내가 말했어. '그 친구―이름이 뭐더라?―벽돌공이 훌륭한 보고서를 써드릴 겁니다.' 그가 잠시 당황한 것으로 보였어. 나는 그렇게 지독한 공기를 마셔본 적은 한 번도 없었던 것 같았고, 구원을―적극적으로 구원을 찾으려고 정신적으로는 커츠를 향했어. '그럼에도 불구하고, 저는 커츠 씨가 비범한 사람이라고 생각해요.'

내가 강조하며 말했어. 그는 깜짝 놀라더니, 나에게 차갑고 무거운 눈길을 주며, '비범 "했지,"' 아주 조용히 말하고는 나에게서 등을 돌렸어. 내가 총애받는 시간은 끝났어. 나는 아직 시기가 무르익지 않은 방법의 동참자로서 커츠와 한통속으로 묶였더군. 나는 불건전한 존재였던 거야! 아! 하지만 적어도 악몽이라는 선택지가 있었다는 것은 좋았어.

"땅에 묻힌 것이나 다름없다고 내가 기꺼이 인정하게 된 커츠 씨보다, 사실 나는 야생의 편이었어. 그리고 말할 수 없는 비밀들로 가득한 넓은 무덤에 나 역시 잠깐 함께 묻힌 것 같았어. 가슴을 누르는 참을 수 없는 무게, 축축한 땅의 냄새, 의기양양한 부패의 보이지 않는 존재, 침투할 수 없는 밤의 어둠이 느껴졌어…… 러시아인이 내 어깨를 두드렸어. 나는 그가 '뱃사람 형제로서─커츠 씨의 명예에 영향을 미칠 일들에 대해 안다는 것을─숨길 수 없었어요.' 따위의 말을 더듬거리며 중얼거리는 것을 들었어. 나는 기다렸어. 그에게 커츠 씨는 무덤 속에 있는 것이 분명히 아니었지. 그에게 커츠 씨는 불사의 존재 중 하나일 것이라고 생각했어. '그럼!' 내가 마침내 말했지. '말해 봐요. 알고 보면 나도 커츠 씨의 친구니까─나름.'

"그는 예의를 상당히 갖춰가며 우리가 '같은 직업'에 종사하지 않았다면, 그는 결과에 상관없이 발설하지 않았을 것이라고 말했어. 그는 '이 백인들 사이에선 그에 대한 적극적인 악의가 있다고 의심했어요, 그건—' '당신 말이 맞아요.' 나는 전에 엿들었던 어떤 대화를 기억해내며 말했어. '감독은 당신을 목매달았어야 한다고 생각해요.' 그는 이 정보에 우려를 나타냈는데 처음에 나는 그것이 재미있더군. '저는 어서 조용히 길을 비켜야겠네요.' 그가 진심으로 말했어. '저는 이제 더는 커츠를 위해 할 수 있는 일이 없고 그들은 곧 핑계를 찾을 거예요. 그들을 막을 것이 뭐가 있겠어요. 여기서 300마일 떨어진 곳에 군 주둔지가 있어요.' '확실히 그래요.' 내가 말했어. '가까운 곳에 야만인 친구들이 있다면 당신은 가는 것이 좋을 것 같아요.' '많죠' 그가 말했어. '그들은 단순한 사람들이에요—그리고 아시다시피, 저는 아무것도 원하지 않아요.' 그는 입술을 깨물며 서 있다가, '저는 여기 이 백인들에게 어떤 나쁜 일이 생기지 않기를 원해요. 하지만 물론 커츠 씨의 명예를 생각하는 중이에요—하지만 당신은 형제 뱃사람이지요, 그리고—' '알았어요.' 내가 잠시 있다가 말했어. '커츠 씨의 명예는 제가 지킬게요.' 내가 얼마나 진심으로 말했는지는 모르겠어.

"그는 목소리를 낮추며 증기선에 공격을 지시한 사람이 커츠라고 밝혔어. 그는 때로는 자신을 데려간다는 생각을 끔찍하게 싫어했어요—그리고 한편으로는…… 하지만 저는 이런 일들은 이해하지 못해요. 저는 단순한 사람이거든요. 그는 그 공격에 당신들이 겁먹어서 물러날 것이라고—당신들은 그가 죽었다고 생각하고 포기할 것으로 생각했어요. 저는 그를 막을 수 없었어요. 아, 저는 지난달에 끔찍한 시간을 보냈어요. '알았어요.' 내가 말했어. '그는 이제 괜찮아요.' '그-래-요.' 그가 별로 확신이 없는 듯 말을 더듬었어. '고마워요.' 내가 말했어. '제가 계속 유의해서 지켜볼게요.' '하지만 조용히요—네?' 그가 걱정스럽게 재촉했어. '그의 명예에 아주 해로울 거예요, 만약 여기서 누구 한 명이라도—' 나는 아주 진지하게 반드시 비밀을 지키겠다고 약속했어. '여기서 멀지 않은 곳에 카누 한 척과 세 명의 흑인 친구들이 저를 기다리고 있어요. 이제 갑니다. 마티니 헨리 총탄 몇 개 주실 수 있을까요?' 나는 그럴 수 있었고, 아무도 모르게 그렇게 했지. 그는 나에게 윙크를 하며 내 담배도 한 움큼 가져갔어. '뱃사람들끼리—아시다시피—훌륭한 영국산 담배 맛을 알죠.' 조타실 문가에서 그가 뒤로 돌았어— '저, 혹시 필요 없는 신발 한 켤레 있나요?' 그가 한 발을 들었어. '이것 보세요.' 그의 맨발에 신발 밑창이 샌들처럼 매듭지은 끈으로 묶여 있더군. 나는 낡은 신발 한 켤레를 찾아냈고, 그는 그것들을 탄복해 바라보고 나서 왼쪽 팔 아래 꼈어. 한쪽 주머니(밝은 빨간색)는 총탄으로 불룩했고 다른 쪽(짙은 파란색)에서는 '타우슨의 연구' 등등 따위가 삐져나와 있었어. 그는 자신이 야생과의 새로운 만남을 위한 준비가 아주 훌륭하다고 생각한 것 같았어. '아! 저는 다시는, 다시는 그런 분을 만나지 못할 거예요. 그분이 시를 읊는 것을 들었어야 해요—게다가 직접 지은 것이라고 하더라고요. 시를요!' 그 기억이 기뻐서 그는 눈을 굴렸어.

'아, 그분은 제 생각의 폭을 넓혀줬어요!' '잘 가요.' 내가 말했어. 그는 나와 악수하고 밤 속으로 사라졌지. 나는 때로 내가 정말 그를 보긴 한 것인지—그런 놀라운 인물을 만나는 것이 가능한지 나 자신에게 묻고는 해!……

"자정이 조금 지나 잠에서 깼을 때, 그의 경고가 그 위험에 대한 암시와 함께 떠올랐어, 그 별이 빛나는 어둠 속에서 그 위험이 실질적으로 느껴져서, 나는 자리에서 일어나 한 바퀴 둘러보았지. 언덕 위에는 큰 모닥불이 타면서 사무소 건물의 구부러진 모퉁이 하나를 단속적으로 비추고 있었어. 주재원 중 한 명이 무장한 흑인 보초 몇 명과 함께 상아를 지키고 있었지. 하지만 숲 속 깊은 곳에서, 너울거리는 붉은 섬광이, 칠흑 같은 어둠과 구별이 안 되는 원기둥 형체들 가운데 땅에서 꺼졌다 솟았다 하는 듯이 보여서, 커츠 씨의 추종자들이 불편하게 불침번서는 야영지의 위치를 정확하게 보여줬지. 큰 북의 단조로운 울림은 둔탁한 진동과 오랫동안 남는 여운으로 공기를 채웠어. 남자 여럿이 각자 자신에게 어떤 기묘한 주문을 외우면서 지속해서 웡웡대는 소리가, 마치 벌이 붕붕거리는 소리가 벌집에서 새어나오듯이 어둡고 납작한 숲의 벽에서 새어 나왔고, 반쯤 깬 나의 감각들에 이상한 최면 효과가 있더군. 내가 아마 난간에 기댄 채 졸고 있었는데, 갑작스러운 함성이, 짓눌렸던 불가사의한 격노의 분출이 압도적으로 터져 나와 잠이 깨고, 어리둥절했지. 함성은 갑자기 한순간에 그쳤고, 낮게 웡

윙대는 소리는 계속해서 진정시키며 귀에 들리는 정적의 효과를 냈어. 나는 무심코 작은 선실 안을 들여다봤어. 안에 불은 켜져 있었지만, 커츠 씨는 그곳에 없었지.

"내가 내 눈을 믿었다면 아마 고함을 질렀을 거야. 하지만 나는 처음에 내 눈을 믿지 않았어—그 상황이 너무나 불가능해 보였거든. 실제로 나는 마음이 텅 빈 순전한 공포, 어떠한 육체적인 위험의 구체적인 형체와는 동떨어진 순수한 추상적인 두려움으로 완전히 무기력해졌던 것 같아. 그 감정을 그렇게 압도적으로 만들었던 것은—뭐라고 정의할까?—내가 받은 도덕적 충격이었는데, 마치 생각하기에 참을 수 없고 영혼에 가증스러운 완전히 괴물 같은 무엇인가가 갑자기 나를 덮친 것 같아. 그 상태는 물론 순식간에 지나갔고, 그런 다음 다가온 것으로 내가 보았던 평범하고 치명적인 위험에 대한 감각, 갑작스러운 공격과 대학살의 가능성, 또는 그런 종류의 일은 매우 환영할 만하고 진정시켜주는 것이었지. 그것이 사실 나를 너무나 차분하게 만들어서, 나는 경보를 울리지 않았어.

"나와 3피트 떨어진 갑판 위 의자에는 주재원 한 명이 얼스터 외투를 단추를 채워 입은 채 잠들어 있더군. 그는 함성에 깨지 않았고, 아주 얕게 코를 골고 있었어. 나는 그가 자도록 놔두고 육지로 뛰어 올라갔지. 나는 커츠 씨를 배신하지 않았어—나는 절대 그를 배신하면 안 된다는 지시를 받았지—내가 선택한 악몽에 충성을 다하는 것이 내 운명이었지. 나는 나 혼자서 이 그림자에 대처하려고 안절부절못하고 있었어—내가 그 경험의 독특한 어둠을 누군가와 공유하는 것을 왜 그렇게 꺼렸는지 지금도 잘 모르겠어.

"기슭에 오르자마자 흔적이—풀 사이로 넓게 지나간 자국이 보였어. 나는 그때 느낀 환희를 기억하는데, 그때 이렇게 말했어. '그는 걸을 수 없지—네 발로 기고 있어—내가 잡는다.' 풀은 이슬에 젖어 있었어. 나는 주먹을 꽉 쥐고 빠르게 걸었어. 나는 그를 덮쳐서 두들겨 패겠다는 생각을 어렴풋이 했던 것 같아. 나도 모르겠어. 별 바보 같은 생각을 다 했지. 고양이를 데리고 뜨개질을 하던 늙은 여자가 이런 사건의 반대편 끝에 앉기에 가장 부적절한 인물로 내 기억에 불쑥 떠오르더군. 나는 순례자들 한 무리가 허리춤에 윈체스터 총을 들고 총탄을 하늘로 날리는 것을 봤어. 나는 다시는 증기선으로 돌아가지 않는다고 생각하고 혼자서 무기도 없이 숲 속에서 늙어가는 상상을 했어. 그런 멍청한 생각들 말이야—알잖아. 그리고 북소리를 내 심장 뛰는 소리와 혼동해서 그 차분한 규칙성에 만족하던 기억이 나.

"나는 그래도 흔적을 잘 따라갔어—그러다가 멈춰 서서 귀를 기울였어. 그 밤은 아주 맑았어. 어두운 파란 공간은 이슬과 별빛으로 반짝이는데, 그 안에 검은 것들이 아주 가만히 서 있었지. 나는 내 앞에 무엇인가가 움직이는 것이 보인다고 생각했어. 나는 그날 밤에는 이상하게 모든 것을 확신했어. 나는 실제로 그 흔적을 두고 넓게 반원을 그리며 달려서 (정말 나 혼자 낄낄거렸다고 생각해) 그 동작, 내가 본 그 움직임보다 앞서려 했어—내가 정말 무엇인가 본 게 맞았다면 말이지. 그게 아이들 장난인 것처럼 커츠보다 나는 선수를 치려고 했어.

"나는 그를 따라잡았고, 만약 내가 오는 소리를 그가 듣지 못했다면, 아마 그를 덮치기까지 했을 테지만 그는 제때에 일어났어. 그가 일어났는데, 불안정하고, 길고, 창백하고, 희미하여, 땅이 내뱉은 수증기 같더군, 그리고 살짝 흔들리더니, 안개같이 고요하게 내 앞에 있더군. 그 사이 내 뒤에서는 불이 나무들 사이로 나타났고, 많은 사람이 중얼거리는 소리가 숲에서 났어. 나는 영리하게 그의 길을 막았지만, 막상 그를 마주하고 보니 정신을 차렸던 것 같아. 위험을 제대로 보게 된 거지. 아직 절대 끝난 것이 아니었어. 그가 소리를 지르기 시작한다면? 그는 제대로 서 있기도 힘들었지만, 목소리는 아직 꽤 생기가 있더군. '저리 가—몸을 숨겨.' 그가 그 깊은 목소리로 말했어. 아주 끔찍했지. 나는 뒤를 흘깃 돌아봤어. 우리는 가장 가까운 불로부터 30야드[29] 떨어져 있더군. 검은 형체 하나가 일어나더니, 검은 팔을 저으며, 길고 검은 다리로 성큼성큼 걸어서 불빛을 가로질렀어. 머리에는 뿔이—아마도 영양 뿔이었을 거야—달려 있었어. 마법사이거나 주술사이거

---

29 30 야드는 약 27.4m.

나였을 거야. 충분히 악마 같아 보였어. '지금 무얼 하는지 알고 계신 겁니까?' 내가 속삭였어. '물론.' 그가 목소리 높여 한마디로 대답했어. 나에게는 멀리서 나는 소리 같으면서도 확성기에 대고 소리 지른 것처럼 크게 들렸어. 그가 소동을 벌인다면 우리는 끝났다고 나는 혼자 생각했어. 내가 이 '그림자—이 배회하고 번민하는 것—을 때리려는 아주 자연스러운 반감을 차치하고라도, 지금은 분명히 주먹다짐할 상황이 아니었지. '당신은 길을 잃을 거예요.' 내가 말했어—'완전히 길을 잃을 거예요.' 사람은 때로는 그렇게 순간적으로 깨달음을 얻을 때가 있거든. 비록 그가 그 순간 이미 다시는 돌이킬 수 없을 정도로 완전히 길을 잃은 상황이기는 했지만, 나는 실제로 옳은 말을 한 거였어. 그리고 그때 우리 친밀함의 기반이 만들어졌고—지속됐지—지속됐어—심지어, 마지막까지—그 이후까지도.

"'나에겐 거대한 계획이 있었어.' 그가 망설이며 중얼거리더군. '그래요.' 내가 말했지. '하지만 만약 소리 지르려고 하면, 이걸로 당신 머리를 박살을 낼 거예요.' 가까이에 막대기도 돌멩이도 없었어. '목을 졸라버릴 겁니다.' 내가 정정했지. '나는 위대한 일의 문턱에 있었소.' 그가 동경하는 어조로, 내 피를 차갑게 식히는 애석해 하는 음조로 항변하더군. '그리고 이제 이 멍청한 불한당을 위해—' '유럽에서 당신의 성공은 어떤 경우든 보장될 겁니다.' 내가 한결같이 확언했어. 나는 사실 그의 목을 조르고 싶지 않았어—정말 어떤 실질적 목적에도 별 도움이 안 됐을 거야. 나는 주문—야생의 무거운 무언의 주문—을 깨려고 했어. 그건 잊혔던 짐승의 본능을 깨움으로써, 괴물 같았고 충족된 열정을 기억함으로써 그를 야생의 무자비한 가슴으로 끌어들이는 것 같았어. 불빛을, 북의 울림을, 이상한 주문의 윙윙거리는 소리를 향해서, 나는 그것만이 그를 숲의 가장자리로, 수풀로 몰아갔다고 확신했지. 그것만이 그의 불법적 영혼을 허용된 열망의 한계 밖으로까지 현혹했다고. 그리고, 모르겠나, 그 상황의 공포는 머리를 얻어맞는 것이 아니야,—물론 나는 그 위험도 아주 생생하게 느끼고 있었지만—여기서 나는 고귀하거나 미천한 것의 어떤 이름을 가지고도 호소할 수 없는 존재를 다뤄야만 했다는 거야. 나는 심지어 검둥이들처럼 그를—그 자신을—그 자신의 고귀하고 놀라운 타락을 자극해야 했어. 그의 위에도 아래에도 어떤 존재도 없었고 나는 그것을 알았지. 그 자신이 땅을 박차고 나와 땅에서 벗어나 있었던 거야. 빌어먹을 인간 같으니! 그가 땅 자체를 차서 산산조각 내버린 거야. 그는 혼자였는데, 그의 앞에서 나는 땅 위에 서 있는지 아니면 공중에 떠 있는지 알 수 없었어. 자네들에게 우리가 무슨 말을 나눴는지 이야기하고 있어—우리가 발음했던 문장들을 반복하면서—그러나 무슨 소용이 있겠어? 그것들은 일상적인 단어들—살면서 매일 주고받는 익숙하고 모호한 소리였어. 하지만 그게 뭐? 그것들 뒤에는, 내 생각에는, 꿈속에서 듣는 단어들의, 악몽에서 말하여지는 문구들의 무시무시한 암시가 있었어. 영혼말이야! 영혼과 싸워 본 사람이 있다면 바로 나야. 그리고 나는 정신병자와 다투는 것도 아니었어. 믿거나 말거나, 그의 지성은 완벽하게 또렷했어—집중했지, 그 자신에게 무섭도록 강하게 집중하고 있었지만, 그럼에도 또렷했지. 거기에 내 유일한 기회가 있었어—물론, 즉시 그 자리에서 그를 죽이는 것을 빼면 그랬어. 그것은 불가피한 소음 때문에 그렇게 좋은 선택이 아니었지. 하지만 그의 영혼은 미쳐 있었어. 야생에 혼자 있으면서 그것은 자신 안을 들여다봤고, 안타깝게, 미쳐 버렸던 거야. 나는—아마도 나의 죄업 때문에—직접 그 안을 들여다봐야 하는 고초를 겪었지. 어떤 웅변도, 인류를 믿는 데에, 그의 진정성의 마지막 분출만큼 압도적이지는 못했을 거야. 그 역시 자기 자신과 싸웠어. 내가 보았어—들었어. 자제력도, 믿음도, 두려움도 없었지만, 그럼에도 자신과 맹목적으로 싸우는 한 영혼의 이해할 수 없는 신비를 나는 봤어. 나는 정신을 꽤 잘 차리고 있었지. 하지만 그를 마침내 소파에 뉘었을 때, 내 이마에 흐른 땀을 닦아냈고, 마치 반 톤의 짐을 등에 지고 그 언덕을 내려온 것처럼 다리가 후들거렸지. 그런데 사실 나는 그의 뼈만 남은 팔을 목에 감은 채 그를 부축한 것뿐이었어—그는 어린아이보다 별로 무겁지 않았어.

"다음날 정오 우리가 떠날 때, 나무의 장막 뒤로 그 존재를 분명히 내가 인지하고 있던 군중은 벌거벗고, 숨 쉬고, 떠는, 수많은 구릿빛 몸으로 언덕을 덮으며, 다시 한 번 숲에서 흘러나와서 정착지를 메웠지. 나는 약간 속도를 내다가 하류 쪽으로 배를 돌렸어, 그리고 이천 개의 눈이, 첨벙대며 탁탁거리는 흉포한 강의 악마가 무시무시한 꼬리로 물을 때리며 공중으로 검은 연기를 내뿜는 모습을 지켜보더군. 강을 따라 첫 줄에서 선명한 붉은 흙을 머리부터 발까지 바른 남자 세 명이 끊임없이 앞뒤로 서성였어. 우리가 다시 나란히 가자 그들은 강 쪽을 향하더니, 발을 구르고, 뿔 달린 머리를 끄떡이며, 진홍색 몸을 흔들거렸지. 그들은 흉포한 강의 악마에게 검은 깃털을 한 무더기 흔들어댔는데, 꼬리가 늘어진 더러운 살갗—마른 호리병 같은 것이었어. 그들은 주기적으로 인간 언어의 어떤 소리와도 닮지 않은 놀라운 말을 연달아서 외쳐댔지. 그리고 갑자기 중단되던, 군중의 깊은 웅얼거림은 사탄의 연도(連禱)[30]가 응답하는 것 같았어.

"우리는 커츠를 조타실에 옮겨 두었어. 그곳이 바람이 더 통했거든. 그는 소파에 누워서 열린 덧창으로 밖을 응시하더군. 모여 있는 사람들 몸에서 소용돌이가 일더니, 투구 모양 머리에 뺨이 황갈색인 여자가 강물 바로 가장자리까지 달려 나왔어. 그녀가 손을 뻗더니 무어라고 외치자, 흥분한 군중이 분명하고, 빠르고, 숨찬 발음으로 그 외침을 이었어.

---

30 연도(連禱): 사제(司祭)가 외는 기도에 모두가 화창(和唱)하는 형식.

"'저걸 알아들으시나요?' 내가 말했어.

"그는 불타는 듯한, 갈망하는 눈으로, 아쉬움과 증오가 뒤섞인 표정으로 나를 지나쳐 밖을 바라봤어. 그는 대답하지 않았지. 하지만 미소가, 의미를 정의할 수 없는 미소가, 그의 핏기 없는 입술에 나타나고, 다음 순간 입술이 급격하게 떨리는 것을 나는 봤어. '내가 알아듣지 못하겠소?' 그가 천천히, 숨을 헐떡이며, 마치 초자연적인 힘이 그 단어들을 그에게서 찢어내는 것처럼 말했어.

"나는 기적의 줄을 당겼지, 갑판에 있던 순례자들이 신 나는 장난 거리가 생길 것 같은 분위기를 예상하고 소총을 꺼내는 것을 봤기 때문이었어. 갑작스러운 새된 소음에 좁은 틈에 몰린 무리 사이로 절망적인 공포의 움직임이 일었어. '하지 마! 쫓아버리지 말라고' 갑판에서 누군가 비탄에 잠겨 외쳤어. 나는 줄을 연달아서 당겼지. 그들은 흩어져서 달리고, 그들은 펄쩍 뛰고, 그들은 웅크리고, 그들은 방향을 틀고, 그들은 날아오는 소리의 공포를 재빨리 피했어. 강가의 붉은 녀석 셋은 총에 맞아 죽은 것처럼 땅에 얼굴을 박고 납작 엎어졌지. 오직 야만적이고 당당한 여인만이 움찔하지도 않은 채 잔잔하고 반짝이는 강물을 넘어 우리를 향해 맨팔을 비극적으로 뻗었어.

"그러고는 갑판 위, 아래쪽의 그 천치 무리가 그들의 조그마한 놀이를 시작했고, 나는 연기 때문에 아무것도 볼 수 없었어.

***

"갈색 물살은 우리를 싣고 암흑의 핵심으로부터 빠르게 흘러나와 우리가 상류로 올라갈 때의 두 배 속도로 바다를 향해 갔어. 그리고 커츠의 생명 역시 그의 심장에서 빠져나와, 빠져나와서 무정한 시간의 바다로 빠르게 흘러가고 있었지. 감독은 아주 침착했어, 이제 심각한 불안은 없었지, 우리 둘을 포용력 있고 만족스러운 눈길로 바라봤지. 그 '사건'은 더 바랄 나위 없이 잘 해결됐거든. 나는 '불건전한 방법'의 세력 중에서 홀로 남을 시간이 다가옴을 알았지. 순례자들은 나를 냉대하는 눈길로 봤어. 나는 말하자면, 죽은 자들과 같은 부류였지. 내가 이 예상치 못한 동반자 관계를, 이 비열하고 탐욕스러운 유령들에게 침략당한 어두운 땅에서 나에게 강요된 이 악몽의 선택을 어떻게 받아들였는지를 보면 신기해.

"커츠가 이야기를 했어. 그 목소리! 그 목소리! 그 목소리는 마지막 순간까지 깊게 울렸어. 그것은 웅변의 장대한 주름들 속에 그의 심장 속 불모의 암흑을 숨기는 힘보다 오래 살아남았어. 아, 그는 싸웠어! 그는 싸웠어! 그의 지친 뇌의 불모지는 이제 그림자 같은 상들이 괴롭혔지—부와 명예의 상들이 고귀하고 고상한 표현의 그의 꺼뜨릴 수 없는 재능 주위를 아첨하며 맴돌았지. 나의 약혼녀, 나의 사무소, 나의 경력, 나의 이상들—이것들이 들뜬 감정을 담아 가끔 발언하는 주제였어. 원래 커츠의 그림자가 텅 빈 가짜의 침대 머리맡을 종종 찾아왔어, 그것의 운명은 곧 태고의 땅의 이끼에 묻힐 예정이었지. 하지만 악마적인 사랑과 그것이 꿰뚫고 들어갔던 신비에 대한 비현실적인 증오 둘 다가, 원시적인 감정에 신물이 난 그 영혼을, 거짓 명성, 가짜 영예, 성공과 권력의 모든 외양을 탐내는 그 영혼을 차지하려고 싸웠어.

"그는 때로는 경멸할 만할 정도로 유치했어. 위대한 업적을 성취하려고 했던 지독한 불모지에서 자신이 돌아올 때, 왕들이 기차역에서 자신을 영접해 주기를 그는 원했지. '그들에게 정말 이득이 되는 무엇인가가 네 안에 있다고 보여주면, 너의 능력을 무한히 인정할 거야.' 그는 말하고는 했어. '물론 동기(動機)들—올바른 동기들—에 항상 신경 써야 해.' 똑같은 것처럼 보이는, 정확히 똑같은 모습의 단조로운 굴곡 구간들인 이 긴 유역들이, 증기선을 지나쳐 갔는데, 수많은 고목이 다른 세상의 때 묻은 이 한 조각을, 변화의, 정복의, 무역의, 학살의, 축복의 선구자를 쫓아 참을성 있게 지켜보았지. 나는 앞을 바라보았어—배를 조종하면서. '덧창을 닫아줘.' 커츠가 어느 날 갑자기 말했어. '나는 도저히 저것을 볼 수 없소.' 나는 그의 말을 따랐지. 침묵이 흘렀어. '아, 하지만 나는 네 심장을 다시 비틀 거야!' 그는 보이지 않는 야생에 소리쳤어.

"배가 망가졌고—내가 예상했듯이—수리하러 어느 섬의 머리에 배를 대야 했지. 이 지연이 처음으로 커츠의 자신감을 흔들었어. 어느 날 아침에 그는 종이 한 뭉치와 사진 한 장—구두끈으로

동여맨 묶음—을 나에게 줬어. '나 대신 가지고 있어주오.' 그가 말했어. '그 악독한 멍청이가 (감독을 뜻했지) 내가 안 볼 때 내 상자들을 뒤질 수 있소.' 오후에 그를 봤어. 그는 눈을 감고 등을 대고 누워있었지, 그리고 나는 조용히 방에서 나왔는데, 그가 중얼거리는 소리가 들리더군. '살 때는 올바르게, 죽을, 죽을 때는……' 나는 귀를 기울였지. 다시는 아무 소리도 들리지 않았어. 그가 자면서 어떤 연설을 연습한 건가, 아니면 그건 어떤 신문기사 문구의 한 부분이었나? 그는 신문에 기고하고 있었고, 또 할 생각이었거든. '내 이상의 발전을 위해. 그게 내 임무야.'

"그의 암흑은 침투할 수 없는 암흑이었어. 나는 햇빛이 절대 닿지 않는 벼랑 밑에 누워 있는 사람을 바라보듯 그를 봤어. 하지만 물이 새는 실린더를 분해하고, 구부러진 연결막대를 펴는 등의 일로 바쁜 엔진 기사를 돕느라, 나는 그에게 할애할 시간이 별로 없었어. 내가 잘 다루지 못해서 질색하는 것들—녹, 쇳가루, 암나사, 볼트, 스패너, 망치, 래치트 드릴이 엉망진창인 속에서 살았어. 우리가 다행히 배에 갖추고 있던 작은 대장간을 나는 돌보았어. 쓰레기 고철 더미에서 힘들게 일했지—다리가 후들거려 서 있지 못할 때까지.

"어느 날 저녁은 촛불을 가지고 들어오다가 그가 약간 떨리는 목소리로 말하는 것을 듣고 깜짝 놀랐어. '나는 여기 어둠 속에서 죽음을 기다리고 있소.' 불빛은 그의 눈에서 일 피트도 안 떨어져 있었어. 나는 억지로 '아, 말도 안 되는 소리 마세요!'라고 중얼거리면서, 못 박힌 듯 서서 그를 굽어보았지.

"그의 얼굴에 일어난 변화와 비슷한 것은 지금까지 본 적이 없고 앞으로도 보고 싶지 않아. 아, 나는 감동 받았던 게 아니야. 나는 매료됐지. 마치 베일이 틈새를 보인 것 같았어. 나는 그 상아 같은 얼굴에서 음울한 자부심, 무자비한 힘, 비겁한 공포―강렬하고 절망적인 좌절―의 표정을 봤어. 그 완전한 앎의 최고의 순간에 욕망, 유혹, 그리고 굴복의 세세한 부분까지 그는 자신의 삶을 다시 산 것일까? 그는 어떤 상, 어떤 환영을 향해 속삭이듯 외쳤어―그는, 숨이나 다름없는 외침을, 두 번 외쳤어.

"'끔찍해! 끔찍해!'

"나는 촛불을 불어서 끄고 방을 나왔어. 순례자들은 식당에서 밥을 먹고 있었지, 그리고 나는 감독 맞은편에 앉았는데, 그는 질문하는 눈길을 내게 던졌지만 나는 그것을 성공적으로 무시했지. 그는 침착하게 뒤로 기대면서, 그의 비열함의 깊이를 알 수 없게 봉인하는 특유의 미소를 띠었어. 작은 파리 떼가 끊임없이 등불에, 식탁보에, 우리 손과 얼굴에 날아들었지. 갑자기 감독의 보이가 건방진 검은 머리를 문간에 들이밀고는 혹독한 경멸의 어조로 말했어.

"'커츠 씨―그 죽었어.'

"순례자들이 모두 보러 달려나갔어. 나는 남아서 저녁 식사를 계속했어. 아마 나를 지독하게 냉정하다고 생각했을 거야. 그렇지만 나는 많이 먹지 않았어. 그곳에는 등불이—빛이, 알겠나—있었고, 밖은 너무나 끔찍하게, 끔찍하게 어두웠어. 나는 이 땅에서 그의 영혼이 겪은 모험에 선고를 내린 비범한 사내에게 다시는 가까이 가지 않았지. 그 목소리는 사라진 거야. 그 밖에 무엇이 있었던 걸까? 하지만 물론 다음날 순례자들이 무엇인가를 진흙 구덩이에 묻은 것은 알아.

"그런 다음 그들은 나도 거의 묻을 뻔했지.

"하지만 보다시피, 나는 그 자리에서 바로 커츠를 따라가지는 않았어. 그러지 않았지. 나는 그 악몽을 끝까지 계속 꿨고, 커츠에 대한 내 신의를 다시 한 번 증명했지. 운명. 나의 운명! 인생이란 우스운 것이야—덧없는 목적을 위해 불가사의하게 짜인 무자비한 논리지. 인생에서 바랄 수 있는 최선은 자신에 대한 어떤 지식—그건 너무 늦게 찾아와—그 꺼뜨릴 수 없는 후회의 결과는 너무 늦게 찾아오지. 나는 죽음과 씨름했어. 상상할 수 있는 것 중에 가장 재미없는 경기지. 그 경기는 감지할 수 없는 회색에서 일어나, 발밑에 아무것도 없이, 주위에 아무것도 없이, 구경꾼 없이, 왁자지껄한 소리 없이, 영광 없이, 승리에 대해 대단한 열망 없이, 패배에 대해 대단한 공포 없이, 열의 없는 회의의 구역질이 나는 분위기 속에서, 자기 자신의 정당함에 대한 믿음이 별로 없이, 상대에 대한 믿음은 더욱 없는 회색에서. 그것이 궁극적 지혜의 형태라면 삶은 우리 중 몇몇이 하는 생각보다 더 어려운 수수께끼야. 나는 공표할 마지막 기회를 간발의 차이로 잡을 수 있었는데, 나는 면목 없게도 할 말이 아무것도 없으리라는 것을 알았어. 그래서 나는 커츠가 비범한 사내였다는 데 동의하는 거야. 그는 할 말이 있었어. 그는 그 말을 했지. 나는 그 너머를 자신이 직접 흘깃 본 후로, 그의 응시의 의미를 더 잘 이해하게 됐어. 그 응시는 초의 불꽃을 본 것은 아니지만, 온 우주를 품을 만큼 아주 넓어서, 암흑에서 뛰는 모든 심장을 꿰뚫을 만큼 강렬했던 거야. 그는 요약했지―그는 판단을 내렸던 거야. '끔찍해!' 그는 비범한 사내였어. 결국, 그것은 어떤 종류의 믿음의 표현이었어. 거기에는 진실성이 있었지, 거기에는 신념이 있었지, 거기에는 그 속삭임 안에 진동하는 반란의 음조가 있었지, 거기에는 흘깃 본 진실의 섬뜩한 얼굴―욕망과 증오의 기묘한 뒤섞임―이 있었어. 내가 가장 잘 기억하는 것은 나 자신의 극한 상황―육체적 고통으로 가득 채워진 형태 없는 회색의 환영, 그리고 모든 것의 덧없음에 대한 무관심한 경멸―이 아니야. 아니야! 내가 겪은 것은 그의 극한 상황이었어. 물론, 그는 그 마지막 걸음을 내디뎠지, 그는 그 선을 넘었어, 반면에 나에게는 내 망설이는 발을 다시 끌어들이는 것이 허락됐지. 그리고 어쩌면 그 안에 모든 차이가 있어. 어쩌면 모든 지혜, 모든 진실, 모든 성실이, 보이지 않는 것의 문턱을 넘는 시간의 인지할 수 없는 순간 속에 단지 압축되는지 몰라. 어쩌면 말이야! 나는 나의 요약이 무심한 경멸의 말은 아니었을 거로 생각하려고 해. 그의 외침이 낫지—훨씬 낫지. 그것은 하나의 확언이었지, 수많은 패배, 지독한 공포, 지독한 만족으로 값을 치른 도덕적 승리였어. 하지만 그래도 승리였잖아! 그랬기 때문에 나는 커츠에게 마지막까지 신의를 지켰던 것이야, 심지어 그 후에도. 오랜 시간이 지난 다음 다시 한 번 그의 목소리가 아니라 수정 절벽같이 투명하게 순수한 영혼에서 나에게 던져진 그의 장대한 웅변의 메아리를 들었을 때 역시 그랬어.

"아니, 그들은 나를 묻지는 않았어. 희망도 욕망도 없는 어떤 알 수 없는 세상을 지나가는 길처럼, 경이로워 몸서리치며, 내가 희미하게 기억하는 시기가 있기는 하지만. 무덤 같은 도시로 돌아온 나는, 서로의 푼돈을 훔치기 위해, 악명 높은 음식을 게걸스럽게 먹어치우기 위해, 해로운 맥주를 마시기 위해, 하찮고 어리석은 꿈을 꾸기 위해 거리를 바쁘게 다니는 사람들을 보며 분개하고 있었어. 그들은 내 생각에 무단으로 침입했어. 그들은 침입자였고, 내가 아는 것을 그들은 절대 알 리 없다고 확신했기 때문에 그들의 삶에 대한 지식은 나에게 짜증이 나는 존재였지. 그들의 태도는 완벽한 안전 속에서 일상의 볼일을 보는 순전히 평범한 개인들의 태도였는데, 그것은 이해할 수 없는 위험 앞에서 어리석음을 터무니없이 자랑하는 것처럼 나에게 불쾌한 것이었어. 나는 딱히 그들을 계몽할 욕구는 없었지. 하지만 멍청한 중요성으로 너무나 가득한 그들의 얼굴에 대고 소리 내어 웃는 것을 자제하는

데 꽤 어려움을 겪었지. 감히 말하건대 나는 그때 상태가 좋지 않았어. 나는 길거리를 비틀거리며 다녔어―처리할 이런저런 일들이 있었지―아주 존경할 만한 사람들에게 씁쓸한 냉소를 띠며 다녔어. 내 행동에 변명의 여지가 없다는 것을 인정하지만, 그즈음 내 체온이 정상인 경우는 거의 없었어. '내 원기를 북돋우려는' 친애하는 아주머니의 노력은 완전히 빗나간 것처럼 보였어. 내 원기를 북돋우는 것이 필요한 게 아니라 내 상상력을 달래는 것이 필요했지. 나는 커츠에게서 받은 종이 뭉치를 정확히 어떻게 할지 모른 채 간직하고 있었거든. 그의 어머니는 최근에 세상을 떠났고, 그의 약혼녀가 임종을 지켰다고 들었어. 깔끔하게 면도를 하고 사무적인 태도에 금테 안경을 쓴 남자 한 명이 어느 날 나를 찾아와 질문들을 했는데, 처음에는 에둘러서, 나중에는 부드럽게 압박하면서, 그가 특정 '문서들'이라고 이름 붙인 것에 대해 묻더군. 나는 놀라지 않았는데, 감독과 그 주제에 대해 그곳에서 두 번 다툰 적이 있었기 때문이지. 나는 그때 그 뭉치에서 한 장이라도 내 주는 것을 거절했고, 이 안경 쓴 남자에게도 같은 태도를 보였지. 그는 종국에는 아주 위협적으로 변해서 매우 분개하며 회사가 그 '영지들'에 대한 모든 정보권을 가지고 있다고 주장하더군. 그리고 말하기를 '탐험 되지 않은 지역에 대한 커츠 씨의 지식은 필연적으로 해박하고 특수했을 것입니다―그의 능력과 그가 처했던 비참한 환경 때문에요, 그러니까―' 나는 커츠 씨의 지식이 얼마나 해박했든 교역이나 행정과는 관련이 없다고 그에게 확언했어. 그러니 그가 이번에는 과학의 이름을 들먹였어. '만약 그렇다면 헤아릴 수 없을 만큼 막대한 손실일 것'이라는 등등. 나는 '야만관습억제'에 대한 보고서를 후기를 찢고서 내놓았어. 그는 의욕적으로 받아들였다가 결국은 경멸하는 투로 콧방귀를 뀌었어. '우리가 기대했던 것은 이게 아닙니다.' 그가 말했어. '다른 건 기대하지 마십시오.' 내가 말했지. '사적인 편지들밖에 없습니다.' 그는 법적 조처를 하겠다는 위협을 남기고 갔고 다시는 그를 볼 수 없었지. 하지만 커츠의 친척이라고 하는 자가 이틀 후에 나타나서 자신의 친애하는 친족의 마지막 순간들의 세세한 사항을 알려고 안달이 났어. 부수적으로 그는 나에게 커츠가 본질적으로 훌륭한 음악가였다고 알려줬어. '크게 성공할 소질이 있었어요.' 내가 알기로, 오르간 연주자인 남자가 긴 회색 머리를 때 묻은 코트 칼라 위로 늘어뜨린 채 말했지. 나는 그의 말을 의심할 이유가 없었어. 지금 이날까지도 나는 커츠의 진짜 직업이 무엇이었는지 말할 수 없지, 그런 것이 있기는 했는지—어느 게 그의 최고의 재능이었는지. 나는 그를 신문에 기고하는 화가, 또는 그림을 그릴 줄 아는 언론인이라고 생각했지—하지만 (면담 중에 코담배를 하던) 그의 친척조차 그의 직업이 정확히 무엇이었는지 알지 못했어—정확하게. 그는 만능 천재였어—그 점에 나도 그 친척의 말에 동의했고, 그 노인네는 커다란 면 손수건에 큰 소리로 코를 풀고는 노쇠한 흥분을 보이며 가족 편지 몇 통과 중요하지 않은 비망록을 차지해 돌아갔어. 마지막으로 '친애하는 동료'의 운명에 대해 알고 싶어 안달이 난 기자가 한 명 찾아오더군. 그는 커츠에게 알맞은 분야는 '대중적인 측면의' 정치여야 한다고 말했어. 그는 쭉 뻗은 숱 많은 눈썹에 짧게 자른 뻣뻣한 머리, 넓은 리본에 달린 외알 안경을 쓰고 있었는데, 마음을 열면서 커츠가 사실 글은 정말 못 썼다는 의견을 고백했어—'하지만 세상에! 말은 어찌나 잘하던지. 그는 대규모 회합을 전율시켰어요. 그는 믿음이 있었어요—모르시겠어요?—그는 믿음이 있었어요. 그는 무엇이든지—무엇이든지 믿게 할 수 있었어요. 그는 극단적 정당에서 아주 훌륭한 지도자가 될 수 있었을 거예요.' '어느 정당이요?' 내가 물었어. '어떤 정당이든지요.' 그가 대답했어. '그는 그—극단주의자였거든요.' 나도 그렇게 생각하지 않느냐고? 나는 동의했어. 그가 갑자기 호기심을 보이며 '무엇이 그를 그곳에 가도록 유도했는지' 아느냐고 물었어. '알죠' 내가 대답하고는 즉시 그에게 적절하다고 판단되면 출판하라고 그 유명한 '보고서'를 건네줬어. 그는 내내 웅얼거리면서 그것을 급하게 훑어보더니 '적당하다'고 판단하고는 그 전리품을 가지고 떠났지.

"그래서 마침내 나에게는 얇은 편지 뭉치와 그 여자의 사진만 남았어. 그녀는 아름다운 것 같았어—내 말은 그녀의 표정이 아름다웠다는 거야. 물론 햇빛이 거짓말을 할 수도 있다는 것은 알지만, 어떠한 조명이나 자세의 조작도 그 얼굴에 나타난 진실성의 섬세한 음영은 드러내지 못했을 거로 생각했지. 그녀는 마음속에 감추는 것 없이, 의심 없이, 자신을 위한 생각 하나 없이 들을 준비가 된 것처럼 보였어. 나는 가서 그 사진과 편지들을 직접 돌려주겠다고 결정했어. 호기심? 그래. 그리고 다른 감정들이 있었는지도 몰라. 커츠 것이었던 모든 것은 내 손을 거쳐서 갔어. 그의 영혼, 그의 몸, 그의 사무소, 그의 계획들, 그의 상아, 그의 경력. 이제 그의 기억과 그의 약혼녀만이 남아 있었지—나는 그것 역시 얼마간 과거에 넘기고 싶었어—그와 관련하여 나에게 남겨진 모든 것을 우리의 공동 운명의 마지막 단어인 망각에 직접 내맡기고 싶었던 거야. 나 자신을 변호하는 게 아니야. 나는 내가 진짜로 원하는 것이 무엇인지 제대로 알지 못했어. 어쩌면 무의식적인 신의의 충동, 혹은 인간 존재라는 사실에 숨어있는 그 역설적인 필연성 중에 하나의 충족이었는지도 몰라. 모르겠어. 뭐라고 말할 수 없지. 하지만 나는 갔어.

"그에 대한 기억은 모든 사람의 삶에서 쌓이는 다른 망자에 대한 기억과 같다고 나는 생각했지—신속한 마지막 길에 사람들의 삶에 떨어졌던 그림자들의 뇌에 남긴 희미한 날인. 하지만 높고 무거운 문 앞에서, 묘지의 잘 손질된 오솔길처럼 조용하고 단정한 길의 높은 건물들 사이에서, 나는 그가 들것 위에서 온 세상과 함께 전 인류를 먹어치울 듯이, 탐욕스럽게 입을 벌리는 환영을 봤어. 그는 그 순간 내 앞에서 살아났지. 전에 산 것만큼 살아

낳어―화려한 외모에, 무시무시한 현실에 만족할 줄 모르는 그림자. 밤의 그림자보다 더 어두운 그림자, 그리고 찬란한 웅변의 주름에 고귀하게 덮인 그림자였어. 환영은 나를 따라 건물로 들어가는 것 같았지―들것, 유령을 든 사람들, 복종적인 숭배자들의 흥분한 무리, 숲의 어둠, 더러운 굴곡 사이 반짝이는 직선 유역, 심장 소리처럼 규칙적이고 둔탁한 북소리―정복하는 암흑의 심장. 그건 야생한테 승리의 순간이자, 내가 또 다른 영혼의 구원을 위해 홀로 막아야만 하는 복수심에 불타 침입하는 돌진이었어. 그리고 내 등 뒤의 참을성 많은 숲에서 뿔 달린 형체들이 불길의 빛을 받으며 움직이는 가운데, 그가 멀리서 했던 말, 그 깨어진 문장을 들었던 기억이 불길하고 무시무시한 단순함으로 나에게 되돌아왔어. 나는 그의 절망적인 호소, 그의 절망적인 위협, 그의 더러운 욕망의 엄청난 규모, 그 비열함, 그 고문, 그의 영혼의 격렬한 고통이 기억났어. 그리고 나중에는 그가 어느 날 '이제 이 상아는 정말 내 것이야. 회사가 돈을 지불한 것이 아니야. 내가 아주 막대한 개인적 위험을 감수하고 모은 거라고. 그런데 회사에서 자기들 것이라고 주장하려고 할 것 같아 염려돼. 흠. 힘든 경우군. 내가 어떻게 하는 것이 좋다고 생각해―저항할까? 어? 내가 원하는 것은 정의뿐이야……'라고 말하던 침착하고 무기력한 태도가 보이는 듯했어. 그가 원하는 것은 정의뿐이었어―정의뿐. 나는 1층의 마호가니 문 앞의 종을 울렸고 내가 기다리는 동안 그가 유리판에

서—온 우주를 포용하고, 경멸하고, 증오하는 그 넓고 막대한 눈
길로 나를 응시하는 것 같았어. 나는 그 속삭이는 외침을 들은 것
같았어. '끔찍해! 끔찍해!'

　"땅거미가 지고 있었어. 바닥에서 천장까지 이어진 세 개의 긴
창문이 있는 응접실에서 나는 기다리는데, 창문은 천에 싸여 빛
나는 기둥 같았어. 가구의 구부러진 금박 다리와 등판이 희미하
게 빛났어. 높은 대리석 벽난로는 차갑고 기념비적인 흰색이었어.
그랜드 피아노 한 대가 구석에 거대하게 서 있었어. 그 평평한 표
면에선 석관처럼 어두운 광채를 내며 음울하게 윤이 나더군. 키가
높은 문 하나가 열리더니—닫혔어. 나는 자리에서 일어났지.

　"그녀는 검은 옷차림에 창백한 머리로 황혼 속에서 나를 향해
미끄러지듯 다가왔어. 그녀는 상중이었지. 그가 죽은 지, 그 소식
이 온 지 일 년이 넘었는데, 그녀는 영원히 기억하고 애도할 것 같
았어. 그녀는 내 양손을 잡고 중얼거렸어. '오신다는 말씀 들었습
니다.' 나는 그녀가 그렇게 어리지 않다는 것을 깨달았어—내 말
은 소녀 같지 않았다는 거야. 그녀는 정절, 믿음, 고통을 받아들이
는 성숙한 능력이 있었어. 마치 그 흐린 저녁의 모든 어두운 빛이
그녀의 이마에 피신한 것처럼 방이 더 어두워진 것 같았어. 그 창
백한 머리카락, 파리한 얼굴, 순수한 눈썹이 잿빛 후광에 둘러싸
이고 거기서 그 어두운 눈들이 나를 쳐다보는 것 같았어. 그 눈
길은 아주 정직하고, 비범하고, 확신에 차 있고, 신뢰에 차 있었

어. 그녀는 자신의 슬픔이 자랑스럽다는 듯, '나—오직 나만이 그에게 걸맞게 애도할 수 있어요'라고 말하듯 그 슬픔에 찬 머리를 들고 다녔어. 하지만 우리가 아직 악수하고 있던 동안에 너무나 지독하게 황량한 표정이 그녀의 얼굴에 나타나, 나는 그녀가 '시간'의 장난감이 아닌 피조물 중 하나라는 것을 알게 됐지. 그녀에게는 그가 바로 어제 죽은 거야. 그리고 세상에나! 그 인상이 어찌나 강렬했던지, 나 역시 그가 바로 어제—아니 바로 이 순간에 죽은 것 같았어. 나는 그녀와 그가 같은 시간의 순간에 있는 것을 보았어—그의 죽음과 그녀의 슬픔—그가 죽던 바로 그 순간 그녀의 슬픔을 본 거야. 이해하겠어? 나는 그 두 사람을 함께 봤어—함께 있는 것을 들었어. 그녀는 깊은숨을 몰아쉬며 말했지, '저는 살아남았어요.' 그동안 나의 긴장한 귀는, 그녀의 절망적인 회한의 어조와 그의 영원한 단죄[31]를 요약한 속삭임이 섞이는 것을 분명하게 들었어. 인간이 보기에 적절하지 않은, 잔혹하고 터무니없는 불가사의들의 장소로 실수로 들어간 것 같은 공황을 마음속에서 느끼며, 내가 거기서 뭘 하고 있는지 자문했지. 그녀는 나에게 의자로 오라고 손짓했어. 우리는 자리에 앉았지. 나는 종이 뭉치를 조심스럽게 작은 탁자에 뒀고 그녀는 손을 그 위에 올렸⋯⋯. '당신은 그를 아주 잘 알았군요.' 그녀가 잠시 애도의

---

31 단죄는 "끔찍해"라는 커츠의 말.

침묵이 흐른 후 말했어.

"'그곳에서는 친밀감이 빨리 생기거든요.' 내가 말했어. '저는 두 사람이 서로를 알 수 있는 만큼 그를 잘 알았습니다.'

"'그리고 그를 존경했군요.' 그녀가 말했어. '그를 알면 그를 존경하지 않는 것이 불가능했어요. 그렇죠?'

"'그는 비범한 인물이었습니다.' 내가 떨리는 목소리로 말했어. 그런 다음 내 입술에서 더 많은 말이 나오기를 기다리는 듯한, 그녀의 호소하는 고정된 시선 앞에서 말을 이어갔어. '그건 불가능했죠, 그—'

"'사랑하는 것이죠.' 그녀가 의욕적으로 말을 끝냈고, 나는 놀라서 입을 다물었어. '그렇죠! 그렇죠! 하지만 누구도 그를 나만큼 잘 알지는 못했던 것을 생각해보세요! 저는 그의 고귀한 신뢰 모두를 얻었어요. 제가 그를 가장 잘 알았죠.'

"'당신이 그를 가장 잘 알았죠.' 내가 그녀의 말을 되풀이했어. 그리고 아마 그랬을지도 몰라. 하지만 말 한마디를 할 때마다 방은 점점 어두워졌고, 그녀의 매끈하고 흰 이마만이 믿음과 사랑의 꺼지지 않는 빛으로 계속 빛나고 있었어.

"'당신은 그의 친구였죠.' 그녀가 말을 이었어. '그의 친구죠.' 그녀가 조금 더 크게 되풀이했어. '그가 당신에게 이것을 주고 저에게 보낸 것을 보면, 그랬던 것이 분명해요. 당신에게는 말할 수 있을 것 같아요—그리고 오! 저는 말을 해야만 해요. 저는 당신—그의 마지막 말을 들은 당신—이 제가 그에게 어울렸다는 것을 알아주기를 바라요……. 이건 사랑이 아니에요……. 네! 저는 제가 지구 위의 누구보다 그를 잘 알았다는 것이 자랑스러워요—그가 저에게 직접 그렇게 이야기했거든요. 하지만 그의 어머님이 돌아가신 후로는 아무도—아무도—없었어요—'

"나는 그녀의 이야기를 들었어. 어둠이 깊어졌지. 나는 그가 나에게 맞는 종이뭉치를 준 것인지조차 확신이 없었어. 다른 종이뭉치를 맡아주기를 원한 것이 아닐까 의심했는데, 그가 죽은 후 감독이 램프 아래서 그것을 검토하는 것을 보았지. 그리고 그 여자가 이야기하더군, 나의 공감의 확실성에 그녀의 아픔을 달래듯이. 목마른 사람이 물을 마시듯 이야기했어. 나는 그녀의 가족이 그녀가 커츠와 약혼한 것을 못마땅해 했다고 들었어. 그가 충분히 부자가 아니었나 뭐 그런 이유였어. 그리고 사실 그가 평생 가난뱅이였는지도 모르겠어. 그를 그곳까지 몰아간 것이 그의 상대적 빈곤에 대한 조급함이라고 추론할 몇 가지 이유를 그가 나에게 줬거든.

"'……그가 말하는 것을 한 번이라도 듣고 친구가 되지 않은 사람이 누가 있을까요?' 그녀가 말하고 있었지. '그는 사람들이 가진 최고의 장점을 통해 그들을 자신에게 끌어들였어요.' 그녀가 나를 강렬하게 쳐다봤어. '위대한 사람의 재능이죠.' 그녀가 말을 계속 이었지, 그리고 그녀의 낮은 목소리가 내가 들었던 신비, 고독, 슬

품으로 가득 찬 다른 모든 소리와 함께하는 것 같았어—강물의 파문, 바람에 흔들리는 나무의 쏴쏴 소리, 군중의 웅얼거림, 멀리서 외치는 알아들을 수 없는 말들의 희미한 진동, 영원한 암흑의 문턱 너머에서 말하는 목소리의 속삭임. '하지만 당신은 그의 말을 들었죠. 당신은 알죠!' 그녀가 소리쳤지.

"'네, 알죠.' 나는 가슴에 절망 비슷한 것을 안고 말했어, 그러나 그녀 안에 있는 믿음 앞에서, 암흑 속에서 위풍당당한 암흑 속에서 이 세상 것이 아닌 빛을 발하는 그 위대하고 구원한다는 착각 앞에서, 고개를 숙이며 말했지. 그 어둠에서 나는 그녀를 지킬 수 없었을 거야—심지어 나 자신조차도 지킬 수 없었어.

"'저에게—우리에게 얼마나 큰 상실인가요!'—그녀가 아름다운 관대함으로 고쳐 말하더군. 그리고는 중얼거리며 덧붙였지. '이 세상에요.' 나는 황혼의 마지막 빛에 비친 그녀의 눈이 눈물로—흘러내리지 않는 눈물로 가득 차 빛나는 것을 봤어.

"'저는 아주 행복하고—아주 운이 좋고—아주 자랑스러웠어요.' 그녀가 계속 말을 이었어. '너무 운이 좋았죠. 한동안은 너무 행복했어요. 그리고 이제는 불행하겠죠—평생.'

"그녀가 일어섰어. 그녀의 금발이 금빛으로 반짝이며 남아 있는 모든 빛을 잡은 것 같았지. 나도 자리에서 일어났어.

"'그리고 그 모든 것 중에서' 그녀가 슬프게 말을 이어갔어. '그의 모든 약속 중에서, 그의 모든 위대함 중에서, 그의 관대한 정신 중에서, 그의 고귀한 마음 중에서 남아 있는 것은 아무것도 없어요— 기억 말고는 아무것도 없어요. 당신과 내가—'

"'우리가 항상 그를 기억할 겁니다.' 내가 급히 말했지.

"'이럴 수는 없어요!' 그녀가 소리쳤어. '이 모든 것이 사라지는 일은—그런 삶은 아무것도 남기지 않고 희생되다니요—슬픔 말고는요. 그가 얼마나 원대한 계획을 세웠는지 아시죠. 저도 알았어요—저는 이해할 수 없었을지 몰라요—그러나 다른 사람들은 알았어요. 무언가는 남아야 해요. 최소한 그의 말은 죽지 않고 있죠.'

"'그의 말은 남아 있을 겁니다.' 내가 말했어.

"'그리고 그가 보인 모범도요.' 그녀가 자기 자신에게 속삭였어. '사람들은 그를 우러러봤어요—그의 선이 모든 행동에서 빛났어요. 그가 보인 모범—'

"'맞습니다.' 내가 말했어. '그가 보인 모범도요. 그래요, 그의 모범이요. 제가 잊었네요.'

"'하지만 저는 잊지 않아요. 저는—저는 믿을 수 없어요—아직은요. 제가 다시는 그를 볼 수 없다는 것을, 누구도 그를 다시는, 다시는, 다시는 볼 수 없다는 것을 믿을 수 없어요.'

"그녀는 마치 멀어지는 형상을 좇듯 팔을 뻗다가, 창문의 색 바랜 가는 창틀을 창백한 손으로 잡았어. 그를 다시는 볼 수 없다니! 나는 그때 그를 아주 또렷하게 봤어. 나는 살아있는 날까지 그 유창한 유령을 보겠지, 그리고 나는 또한 그녀를, 비극적이며 친숙한

'그림자'를 보겠지. 효력 없는 장식물들로 치장하고 갈색 맨팔을 반짝이는 지옥 같은 강물, 암흑의 강물 위로 뻗으며, 또한 비극적인 다른 그림자의 몸짓을 닮은 그림자를. 그녀가 갑자기 매우 낮은 목소리로 말했어. '그의 죽음도 삶과 같이 훌륭했죠.'

"'그의 마지막은' 둔탁한 분노가 나를 자극하는 것을 느끼며 말했어. '모든 면에서 그의 삶과 어울렸습니다.'

"'그리고 저는 그와 함께 있지 못했어요.' 그녀가 중얼거렸지. 나는 무한한 동정 앞에서 분노가 누그러지더군.

"'할 수 있는 모든 것은—' 내가 웅얼거렸어.

"'아, 하지만 저는 그를 세상 누구보다 더 믿었어요—그의 어머니보다—그 자신보다. 그는 제가 필요했어요! 제가요! 저는 모든 한숨, 모든 말, 모든 신호, 모든 눈길을 소중히 간직했을 거예요.'

"나는 차가운 것이 가슴을 움켜쥐는 느낌이었어. '그러지 마세요.' 나는 목소리를 누르며 말했어.

"'용서하세요. 저—저는—너무 오랫동안 침묵 속에—침묵 속에서 애도해 왔어요……. 당신은 그와 함께 있었죠—마지막까지? 저는 그의 외로움에 대해 생각해요. 제가 이해하는 만큼 그를 이해해주는 사람은 아무도 가까이에 없었겠죠. 어쩌면 들어줄 사람도……'

"'마지막 순간까지' 내가 떨리는 목소리로 말했어. '저는 그의 마지막 말을 들었습니다……' 나는 놀라서 말을 멈췄어.

"'들려주세요.' 그녀가 비탄에 잠긴 어조로 중얼거렸어. '저는—지는—살아갈 무언가가—무언가가—필요해요.'

"나는 그녀에게 소리지를 뻔했어. '들리지 않나요?' 황혼이 우리 주위에서 끈질기게 그 말을 반복해서 속삭이고 있었고, 그 속삭임은 거세지는 바람의 첫 속삭임처럼 위협적으로 커지고 있는 것 같았어. '끔찍해! 끔찍해!'

"'그의 마지막 말—제가 간직하고 살게요.' 그녀가 끈질기게 요구했어. '모르시겠어요—저는 그를 사랑했어요—그를 사랑했어요—사랑했어요.'

"나는 진정하고 천천히 말했지.

"'그가 마지막으로 한 말은—당신의 이름입니다.'

"나는 가벼운 한숨 소리를 들었어, 그런 다음 기뻐 날뛰는 끔찍한 비명에, 알 수 없는 승리의 비명에 그리고 말할 수 없는 고통의 비명에 내 심장은 갑자기 멈췄어. '저는 알았어요—저는 확신했어요!……' 그녀는 알았어. 그녀는 확신했어. 그녀가 흐느끼는 소리가 들렸어. 그녀는 손으로 얼굴을 가리고 있었지. 내가 빠져나오기 전에 집이 무너지고, 하늘이 내 머리 위로 무너질 것 같았어. 하지만 아무 일도 일어나지 않았지. 하늘은 그런 사소한 일에 무너지지 않더군. 내가 커츠에게 마땅한 정의를 행했다면, 나는 궁금해, 하늘이 무너졌을까? 그가 원하는 것은 정의뿐이라고 하지 않았던가? 하지만 나는 그럴 수 없었어. 그녀에게 말할 수 없었어. 그건 너무 어두웠을 거야―전적으로 너무 어두웠을 거야……."

말로가 말을 멈추고 나서 떨어져 앉더니, 희미하고 조용하게, 명상하는 부처의 자세로 있었다. 한동안 누구도 움직이지 않았다. "첫 썰물이 지나갔어요." 이사가 갑자기 말했다. 나는 고개를 들었다. 앞바다는 검은 구름 떼에 가려져 있었고, 세상의 가장 끝까지 이어지는 고요한 물길은 흐린 하늘 아래로 어두침침하게 흘러가―거대한 암흑의 핵심으로 이어지는 것 같았다.

암흑의 핵심

초판 1쇄 인쇄 2015년 10월 15일
초판 1쇄 발행 2015년 10월 22일

지은이 조지프 콘래드
옮긴이 김자영
발행인 신현부
발행처 부북스

주소 서울시 중구 동호로17길 256-15
전화 02-2235-6041
팩스 02-2253-6042
이메일 boobooks@naver.com

ISBN 978-89-93785-78-4

이 도서의 국립중앙도서관 출판예정도서목록(CIP)은 서지정보유통지원시스템 홈페이지
(http://seoji.nl.go.kr)와 국가자료공동목록시스템(http://www.nl.go.kr/kolisnet)에서
이용하실 수 있습니다.(CIP제어번호: CIP2015026731)